秘密花园

徐瑞莲 著

化学工业出版社
·北京·

图书在版编目（CIP）数据

秘密花园/徐瑞莲著．—北京：化学工业出版社，2018.10
（励志校园成长小说）
ISBN 978-7-122-33034-5

Ⅰ.①秘… Ⅱ.①徐… Ⅲ.①中篇小说-中国-当代 Ⅳ.①I247.5

中国版本图书馆CIP数据核字（2018）第212937号

北京市版权局著作权合同登记号：01-2018-6732

责任编辑：李雅宁　　　　　　文字编辑：李　曦
责任校对：边　涛　　　　　　封面设计：关　飞

出版发行：化学工业出版社
　　　　　（北京市东城区青年湖南街13号　邮政编码100011）
印　　装：大厂聚鑫印刷有限责任公司
880mm×1230mm　1/32　印张5　2018年11月北京第1版第1次印刷

购书咨询：010-64518888
售后服务：010-64518899
网　　址：http://www.cip.com.cn
凡购买本书，如有缺损质量问题，本社销售中心负责调换。

定　价：19.80元　　　　　　　　　　　　　　　　版权所有　违者必究

每个人心里都藏有一些不能说的秘密，你又有什么秘密不能跟别人说呢？

小时候，我们心里都很难偷藏秘密，通常都会喜欢跑去跟同学说："我跟你说，你千万不能跟别人讲啊！"

然后，你的秘密保证很快就不是"秘密"了，你去告诉的那个人，肯定会跟第二个人讲，第二个人再跟第三个人讲……这件事慢慢就成为公开的"秘密"了。

为什么会这样呢？

这其实与人的好奇心很有关系。每个人都有种天生喜欢偷窥的欲望，越是不能讲的、不知道的事情，越是想要一探究竟。我们更想知道的，不是那些摆在阳光下面，大家都知道的事，而是隐藏在每个人心里角落的故事。

书中这个故事也跟这种"秘密"有关。女主角茵茵因为一股好奇心，揭开了主人的伤疤。毫不知情的她，还沉醉在自以为是

的游戏中，却不知道自己正一步步走入困境。

虽然，当时她以为自己在里面有了新的发现，认识了能谈天说地的好朋友，但却屡屡受到惊吓。或许是，人天生就有探索的冲动，茵茵试图想更深一层了解谜团时，却让自己陷入了麻烦之中。

幸亏因为她的热心救了自己，也救了别人，最后促成主人一家的大团圆，这件"花园里的秘密"才得以圆满落幕。

在故事中，用鹦鹉作为串联的引子，是因为小动物往往充满灵性，也经常被人拿来当作某种灵魂的附身。虽然内容中没有鬼魂之说，却似在冥冥之中有股把人推往善的力量。

或许每个人心中都有不为人知的伤口，但如果能勇于面对，多用谅解、包容来接纳一切，是不是我们心中那个疙瘩就能减轻，甚至还给我们一个更好的世界呢？

当我们对生活不满时，不如换个正面的角度思考，认真过好每一天，做我们所应当做的，相信到最后，那些我们所期盼的、向往的结果，也就自然而然地产生了。在此跟读者们相互勉励吧！

目录

第一章　漂泊的日子 …………… 001

第二章　住一起的陌生人 …………… 016

第三章　格格不入的家庭 …………… 031

第四章　惊魂记 …………… 044

第五章　意外发现的游乐园 …………… 061

第六章　陌生的打扰 …………… 077

第七章　忘年之交 …………… 092

第八章　不能说的秘密 …………… 108

第九章　皇冠的主人 …………… 123

第十章　团圆 …………… 138

第一章 漂泊的日子

"茵茵，今年暑假你计划去哪里玩？"同学小琴趴在茵茵的书桌上，兴冲冲地问。

下个星期就要开始放暑假了，同学们都在为即将到来的长假而兴奋着，纷纷讨论起假期的计划。

"我要去学钢琴！"一位女生大声说。

"我要去学芭蕾舞！"另一个女生也不甘示弱。

紧接着，同学们一个个都聚集过来。

"妈妈说要送我去夏令营呢——"

"哇！你妈妈真好，那价格很贵吧？"

"才不呢！我妈妈说这很值得！"说话的那个女生下巴抬得高高的。

"那才没什么,我爸爸说这个暑假要带我去巴黎玩!"另一个女生故意抬高声调。

她一说完,女生们立刻发出了惊呼声:"哇!巴黎呀!好羡慕哟!"

就在停顿的时候,小琴忽然转头对茵茵说:"我是没那么幸运啦!我爸妈要送我去台南的姑姑家过暑假。那茵茵你呢?"

"我……"

茵茵本来不想回答的,但看见两三个同学朝她望了过来,她只好支支吾吾地说:"我——我爸妈要带我去山上度假。"

她一说完,有同学连忙又问:"山上?哪里的山?是不是像森林度假屋那种?"

"是……是啊!就是那种!"茵茵只好撒谎说。

"哇!好羡慕呢!"

一个梳着两条小辫子的女孩立刻轻呼一声,然后有点哀怨地说:"唉!你真好命!不像我,只能去台南的外婆家

第一章 漂泊的日子

度假,我外婆住的还是那种砖瓦盖的破房子,一点都没有度假的感觉……"

"那也是度假呀!"善良的小琴连忙安慰她说。

"什么度假呀!洗澡还要用柴烧水,每次都搞得大家灰头土脸的……"

她一说完,好几个同学掩嘴笑了起来。

"不会呀!那至少有复古的体验!"小琴很好心地安慰她。

"什么复古?!说出来要让人笑死了!"说话的是方家慧。她在班上是出了名的挑剔鬼,专爱捡人家的语言漏洞,常常把别人气得牙痒痒。这次也不例外。

这话说完,只见那个要去外婆家的女生一张脸顿时耷拉了下来。方家慧还装作没事一样拍拍屁股就走。望着方家慧的背影,茵茵觉得她很讨厌,但也庆幸自己没被方家慧"攻击"到。

因为她心里清楚,自己是会去山上,可那并不是什么

度假,而是陪爸妈去打工,她也要跟着出一分力。那个同学还可以悠哉地到外婆家玩乐,如果换作是她,即使洗冷水澡她也愿意。

看着围绕在她身边的同学们还在热烈地讨论着,她的心却像跌到山谷里一样冷。想到山上让人透不过气来的冷空气,还得用冻僵的手指劳动,光想想都觉得痛苦……

她突然站起身,假装要去上厕所,急急地离开了那群围在她书桌旁的同学。

当然,茵茵没去洗手间,却往操场的一角跑去,她将整个人缩在旁边的大树后面,暗自忧伤。什么时候、什么时候,她才能跟同学一样,过个"真正的暑假"呢?她连想都不敢想。只期望下一个学期开始,她还能跟同样的同学见面,不再因为爸妈的工作变动而转学了。

好不容易在这个学校里交到了小琴这样的好朋友,她实在是不想一年换三所学校,像以前一样,每个学期末独自忍受分离的痛苦,开学又得重新去适应陌生的面孔。

第一章 漂泊的日子

"茵茵,你回来啦!"

茵茵回到家时还是一脸不高兴。妈妈看了,连忙关心地走过来问:"怎么了?是不是学校又有人欺负你?"

茵茵摇摇头,过了一会儿才说:"妈,我们这次去山上,不会不回来了吧?"

"这……"妈妈面有难色,犹豫了一下才说:"这很难说,要看看状况……"

"什么再看看,你每次都这样说!"茵茵嘟起了嘴巴,表示着她的不满。

"我的好孩子,你也知道的……爸妈也是不得已。要不是为了生活,我们也不愿意这样东搬西迁的……"

茵茵能说什么呢?她只能叹口气,把脸转向窗外。这时正好有一只小黄雀在树上叫个不停,树枝上不知何时多了个鸟巢。茵茵看着看着,不觉得发起呆来。

她好羡慕小鸟可以自由来去,也可以选择家在哪里。这样比起来,她连树上的一只小鸟都不如呢!

"茵茵,妈妈把饭菜热好放在电饭锅里,你待会做完功课记得去吃啊!"

她听到妈妈的声音在身后响起,嘴里"嗯嗯啊啊"地敷衍着,眼睛还是离不开树上的小鸟。过了一会儿,听到了妈妈关上大门的声音她才回过神来,望着一屋子的空荡,心里一股寂寞感油然而生。

每当爸妈都不在时,她都好希望自己有个姐妹可以陪伴。当然啦!最好还是爸妈晚上都不用出门,可以陪她。

不过,她知道这是"奢侈"的梦想,自从爷爷跟大伯相继过世后,他们继承的不是遗产,而是爷爷遗留下来的一大笔赌债。虽然这不是他们自己的债务,但爸爸坚持要把责任扛下来。于是,他们家开始被债主无穷无尽地追着跑,平常必须打两份工才行。

有时,她会觉得爸爸怎么这么笨呢?从亲戚朋友口中听到他们对爸爸的形容——"憨呆"。她也不知道这是好的形容词,还是坏的。从刚开始很兴奋可以到处住,到后来常常挤在小货车后面过夜,她的心情已经完全被沮丧所

第一章 漂泊的日子

代替。

几年过去了,他们家的问题并没有得到多大的改善,那些债务像是黑暗里的漩涡,紧紧地将他们困住……

小鸟飞走了,茵茵也把视线拉回屋里,强打起精神,像过去一样,把椅子上的衣服折好、叠成一排,再打扫房间,把妈妈没做好的家务重新做一遍。忙了好一会儿,她肚子饿了就先吃个饭,再做功课,接下来就等着爸爸回家。

由于爸妈工作的场所不同,爸爸在工地会早些回来,妈妈则得在饭店里打扫房间到深夜。

这天很意外,才过八点,爸爸就提早回到家,进家门时茵茵还闻到食物的香气。

"爸!你怎么这么早回来?"茵茵连忙从房间里跑出来,看到爸爸手上提着一个袋子。

"这是什么?"茵茵连忙冲上前,帮爸爸拿过袋子。

"是你爱吃的卤味呀!"

"怎么这么好!"茵茵欢呼一声,迫不及待地打开袋

子，拿起一块豆干往嘴里送。

"等等，等等，别这么急，先去拿个盘子出来。"爸爸疼惜地望着女儿说。

"嗯。"

茵茵飞快地拿出盘子，连筷子都来不及用，还是用手将就着吃，爸爸在一旁提醒着"吃慢一点，别噎着了。"

茵茵狼吞虎咽地吃了好几口，发现爸爸却动也没动，这才停了下来问："爸，你不饿呀？"

爸爸疼爱地微笑说："不饿，光看你吃就饱了。"

"爸！你又来了！"茵茵忍不住瞪了爸爸一眼，帮爸爸把筷子拿来。

茵茵的爸爸这才夹了几块来吃。

"对了，爸，你今天怎么那么早下班呀？"茵茵边吃边问。

"今天去跟朋友谈暑期工作的事。"

"还是去以前那个山里吗？"茵茵问。

第一章 漂泊的日子

"不,我们到另一个地方,那是朋友的果园。他们提供比较好的待遇,还免费提供住宿。"

茵茵听了真替爸妈开心,说:"那不错呀!"

"嗯,听说对方还有两个小孩跟你差不多大,这样你就不怕无聊了。"

"是吗?"茵茵睁大了眼睛,心情也跟着雀跃起来,"希望这个暑假可以过得不错。"

爸爸听了似乎有感而发,停住手边的动作,满心愧疚地说:"真抱歉,爸妈让你吃苦了。"

"这怎么会?我很喜欢这样,好像度假一样呢!很少有人跟我一样去过那么多的地方。"茵茵假装不在意地说。

其实她心里很清楚,这样漂泊的日子,根本不是她想要的。但为了爸妈开心,她觉得多吃一点苦也愿意。

爸爸听了茵茵的话当然很欣慰,不禁摸摸她的头,充满怜爱地说:"难得你这么贴心,来!快点吃吧!东西凉了可就不好吃了。"

秘密花园

"嗯。"茵茵边动筷子边说,"待会儿也要留一点给妈妈,妈妈半夜回来一定饿了。"

茵茵的爸爸望着女儿,心里又是一阵感动。难得女儿这么贴心,这大概是他心里最大的安慰了。

晚上,房间里亮着一个小夜灯,茵茵望着微弱的灯光,心里想着关于这个暑假的事情。

不知道爸爸说的地方在哪里?那家人好相处吗?

她心里虽然没有特别的期待,不过一想到有同龄的玩伴,还是觉得有点兴奋。不知爸爸说的那对姐弟人怎么样呢?或许她真能像多了兄弟姐妹一样,可以跟他们成为很好的朋友。

她开始设想家里多了两个姐弟,应该带些什么玩具或是想些什么游戏跟他们一同玩。等明天呀!到学校去,她再也不会显得那么落寞,可以大方地说:她真的是去度假,而且是去爸爸朋友家,还有同龄的朋友一起呢!

熬不住等到妈妈回家了,茵茵觉得眼皮越来越重,不

第一章 漂泊的日子

知不觉地进入了梦乡。

"是吗?太棒了!好希望能跟你一起去哟!"

当第二天她把这个好消息跟小琴分享时,小琴比她还开心。当然啦!她避开了爸妈其实是去打工的真相,只提到好的一面。

"我真的很希望你能来找我玩,但那个地方太远了,要不是爸妈带我去,我还真的找不到呢!"茵茵故意这么说。

"真是可惜!"小琴轻轻地叹了口气,但很快又换上轻快的口吻说,"不过没关系!也许我可以等你回来后去找你,可以听到比同学更早的第一手消息。"

"嗯,如果我早回家的话,一定会第一个通知你的。"

"嗯。"小琴点点头,勾住茵茵的手臂,"一定哦!"

也许是受了好朋友的影响,也让她对于这次爸妈打工的去处,开始有了期待。

说不定这是一个特别的暑假也不一定。

很快暑假就到了。爸妈也开始积极地打起包来。茵茵从房间里跑出来,看着爸妈收拾东西。

"茵茵,你自己的东西收拾好没有?怎么一直跑来跑去?"妈妈终于忍不住了,一边整理箱子一边抬头问。

"我是看……"茵茵也只好说出了实话,"我是想说,是不是我们的房子会留着,还会回来……"

妈妈听了,考虑都不考虑地说:"开什么玩笑!房子要租金,当然是退了。你问这干吗?"

果然她担心的事又发生了。

"那……我们、我们都不回来了吗?"

"傻孩子,房子退了还回来干吗?"

妈妈一副理所当然的样子,但茵茵的心情却一下子跌落到谷底。

"那我的学校怎么办?"她忽然大声喊了起来。

"什么怎么办?看到时候要转去哪里呀!"妈妈发现茵

第一章 漂泊的日子

茵的神色不对,连忙问。"唉!你是怎么了?怎么脸色这么难看,是不是生病了……"

妈妈的手正要伸过来,却被茵茵闪开。倒是爸爸比较了解茵茵,连忙过来搂住她安慰说:"茵茵,你别难过,如果这次工作收入不错的话,我们再回来租房子不也一样吗?"

茵茵默默地低下头不讲话。其实这种话她听多了,每次爸爸都讲同样的话,却没有一次他们回得去。一想到接下来开学就碰不到小琴跟这里的其他同学了,她的心情难免低落。

爸妈似乎没有多余的时间去关心茵茵的心情问题了,因为光是打包就让他们忙得团团转。这个房子算是他们住过最久的地方,虽然只有短短八个月,但积累的杂物还真不少,光是清理就花了爸妈一整星期的时间。

那天要走时,茵茵记得是一个阴雨的早晨,她在睡梦中被摇醒,迷迷糊糊地睁开眼睛只看到妈妈的背影。

"快点起来啦!车子已经停在外面了。"

"车子？什么车子？"茵茵揉着眼睛，望着忙着帮她收拾东西的妈妈。

"就是你爸爸的朋友来帮忙拉东西了。"妈妈说。

"哦。"这一说，茵茵整个人立刻清醒过来，"什么叔叔呀？"

茵茵赶紧跑向客厅，看到一个瘦小的、皮肤黝黑、留着小平头的陌生叔叔正在搬东西。对方听到身后有动静，立刻放下手里的东西转过身来。

"哎呀！小吕，这就是你女儿呀？"

"是啊！还是个贪睡鬼呢！"爸爸笑着说。

茵茵立刻扎进爸爸的怀里，侧脸偷瞧着对方。

对方笑着跟茵茵打招呼，人看起来还挺亲切的样子，只是那笑容马上就消失了。

茵茵的爸爸连忙笑着拍拍茵茵的头说："茵茵，这是我们要去工作地方的老板陈叔叔。"

第一章 漂泊的日子

"陈叔叔。"茵茵怯怯懦懦地喊了一声。

"嗯,你好。你女儿真可爱啊!"陈叔叔笑着说,有种过分的客气。

"是啊!她跟你女儿差不多大呢!"

"嗯,相信她们一定可以相处得很好的。"陈叔叔说完,便没再多说些什么,又低头忙了起来。

茵茵也被爸爸推了一下,赶紧去收拾东西了。

第二章　住一起的陌生人

他们花了一个多小时的时间，才把家当都弄上车去。

爸爸等大家都上车了，连忙转身客气地对陈叔叔说："车我来开吧！"

"不用了，路我比较熟啦！"陈叔叔礼貌性地回答。

两个大人互相争取了一下，好不容易说定了，由陈叔叔开车，这才上路了。

茵茵跟妈妈坐在后座，跟那些行李挤在一起，爸爸则坐在前面。车子一上路，茵茵迫不及待地问妈妈："你去过那个地方吗？"

"还没呢？"妈妈小声地说，但还是被坐前面的爸爸听见了。爸爸连忙转头说道："茵茵，你放心！陈叔叔家很大，有庭院又有花园，一般的人还住不起呢！"

第二章 住一起的陌生人

茵茵听了,睁大眼珠子说:"真的呀!"

她望了陈叔叔的背影一眼,陈叔叔倒是没有搭腔,好像没听见似的很镇定地开着车子。

"没错!"爸爸紧接着又说,"虽然花园你可能进不去,但山上空旷,你可以玩的空间很大,不像我们租的小房子那样拥挤……"

"为什么不能到花园去玩?"茵茵心直口快,"我最喜欢漂亮的花了。"

忽然,陈叔叔冷冷地插了一句:"那个花园里没有花。"

"没有花?!那算什么花园呀?"茵茵还不知趣。

但她一说完便发现自己好像说错话了,似乎感到一股冷空气吹了过来。车子瞬间加快了速度,害得茵茵一不小心失去了平衡,还好妈妈抓住了她。

等车身再度平衡了,爸爸似乎很识相地提醒茵茵说:"这事你就别多问了。"

气氛顿时僵起来。茵茵虽然只能看到陈叔叔的背面,

但却可以猜想到他现在的表情，肯定脸是铁青的。

没想到茵茵又是哪根筋不对了，小声嘟囔着："为什么花园里没有花……"

"因为……"

"谁说花园里一定要种花的？"

就算茵茵的声音再小，也被陈叔叔听得一清二楚，他那种突然转变的态度让茵茵吓了一跳，也不敢再继续提这件事情了。

虽然只是很短时间的相处，但茵茵已经发现这位陈叔叔表面看起来很亲切，但其实个性却是阴晴不定，让人好难捉摸。怕不小心再得罪这位叔叔，茵茵只好闭上嘴巴，把注意力转移到窗外。

他们慢慢离开市区，沿途的建筑从高楼变成矮小的平房，人也越来越稀少。

"妈，还要多久才到呀？"

"快了！快了！"妈妈拍拍她的背安抚道。

第二章 住一起的陌生人

中午,他们随便找了个小吃摊填饱肚子,又再度上路,太阳已经西斜了,还没有到达目的地。

刚开始,茵茵的确有点不耐烦。但随着车子慢慢爬上山路,一片美丽的自然景观映入眼帘,她被深深吸引了,也暂时忘却了旅途的烦躁。

"哇!妈,这里好漂亮喔!那一片白白的树是什么?"

"那是白杨树。"

听到前座的陈叔叔搭腔,还真的让茵茵有些意外。似乎,一来到山上,陈叔叔的心情变得好多了,话也多起来了。

"为什么光秃秃的呢?"茵茵小心翼翼地问。

"因为去年被一场大火烧光了,现在这里正在慢慢恢复。"陈叔叔答道。

"嗯。"茵茵小心地应了一声,不敢再多问下去,怕一不小心,又要踩到叔叔的"地雷"。

除了刚见面的时候,一路上这位叔叔给她的印象都是

很严肃的，甚至有时严肃得有些令人害怕。

不过，窗外的景色实在太美了，让她暂时分了心，不断地发出赞叹声。这如仙境一样漂亮的地方，要是真的来度假就好了。

她心里不禁这么想。但随着陈叔叔叮咛一声："就快到了！"她的一颗心忽然提了起来。

陈叔叔的话比妈妈可信多了，眼看他的车子逐渐慢了下来，茵茵也不由得跟着有些紧张。不知道这回在山上会遇到什么样的人？那对姐弟好相处吗？陈叔叔怪里怪气的个性，加深了她的不安与疑虑。

虽然爸妈经常四处打工，但这却是第一回要跟陌生人住在同一个屋檐下，茵茵有这些担心是可想而知的。

随着车辆前行，她真的看到如同爸爸形容的一栋"豪华"别墅，这样的房子如果在市区应该算是豪宅了吧！那个两层楼的房子，光是窗户就有十来个，数得她都快眼花了，只是"豪宅"的外墙已剥落，似乎疏于照顾。

第二章 住一起的陌生人

车子慢慢滑入那栋建筑前面的庭院,这里跟外头没有明显的隔离,只简单地围了一圈矮篱笆。房前杂草丛生,地面也是坑坑洼洼的,车子停靠过程中,把茵茵颠得吓了好几跳。

不过纵使如此,还是可以看出那栋建筑曾有的气派,之前的房主应该是有点来头的。

"好了,到了!"

茵茵一听到陈叔叔这么说,立刻第一个跳下车去,抬起头仔细端详着那栋建筑。这时,她才注意到房子的侧边反倒有个更高的墙,中间一个木门紧闭着,还上了个大大的锁链,似乎刻意跟这栋建筑隔开似的。

"这房子看起来大是大,不过已年久失修,真正还能用得上的房间也没几个。"

忽然,身旁有人出声,茵茵被吓到了。一回头,不知什么时候陈叔叔站到了她身后。

没想到陈叔叔还会主动跟她说话,更加让茵茵觉得这

人的古怪。但陈叔叔说完话,没等她回应便转身走开了,她对这个叔叔的反应更是觉得一头雾水。

但不管怎说,对住惯那些小房子的茵茵来说,这里还真是跟豪宅没两样。就在她望着偌大的房子发呆时,从墙角跑出了两个小小的身影。

其中一个见到陈叔叔,立刻朝他飞快地跑来。

"爸爸!"

"阿家!"陈叔叔看到小男孩靠近,立刻露出慈祥的笑容,还把他高高地举起然后抱在怀中,"阿家今天有没有乖呀!"

"有,我很乖!我都跟在姐姐旁边。"男孩撒娇地说。

看来,这两个小孩应该就是陈叔叔的孩子了。

"来,跟客人打个招呼。"

"叔叔、阿姨好!"男孩有礼貌地说完,视线落在茵茵身上。

第二章　住一起的陌生人

"这是茵茵姐姐,以后她就要跟我们住在一起,你要好好跟人家相处哟!"陈叔叔连忙介绍。但小男孩只顾用好奇的眼光盯着茵茵没有开口。

接着,另一个女孩也跑过来了,面无表情地看着她。那女孩长得挺清秀的,看起来比她的年龄稍大一些。她的神情很冷淡,陈叔叔推了一下她,说:"这是吕伯伯跟吕阿姨的女儿,叫茵茵……对了,她多大了?"

陈叔叔转头问茵茵的爸妈。

"四年级了。"

"喔,我女儿阿萍五年级,那么是大一岁。阿家是二年级。"说完陈叔叔又回头对女儿说,"那你以后要好好照顾茵茵妹妹喽!"

小女孩转过头去,没什么反应。她这个动作明显地泼了茵茵一桶冷水。这跟茵茵想象中的完全不一样。原以为,她会多个小伙伴,但现在看起来,要想成为朋友,似乎还有段距离要努力了。

"好了,别耽搁了,我们快把行李卸下来吧!"还好爸爸打破了僵局,赶紧催促大家说。

"是呀!茵茵,赶快来帮忙吧!"妈妈也紧跟着说。

茵茵听了连忙跟着爸妈走向车子,但那两姐弟却一动也不动。

他们暂且先把行李堆在前廊,来来回回好几趟,那两姐弟依然像看戏一样杵在一旁,而陈叔叔也没叫他们帮忙的意思。

原先,茵茵心里觉得有些不舒服,但继而一想:这也不能怪人家,毕竟他们是来打工的,又不是客人,当然主人的小孩没过来帮忙也是应该的。于是,她不再多想,忙着帮忙搬行李。

但令人诧异的是,两姐弟又跟前跟后,像是幽灵一样,要她不去注意也难。

她后来发现,两姐弟长得实在不怎么像,姐姐是细长的单眼皮,眉眼间、脸形都跟爸爸比较像,至于弟弟——

第二章　住一起的陌生人

一双圆溜溜的大眼睛很惹人怜爱，大概是像妈妈吧！

至于这家的女主人呢？从一开始到现在，始终没看见她出现过。茵茵在门前问了一句："妈，怎么没看到陈阿姨呀？"

茵茵一说完，发现大人们的神情有些不对劲，特别是陈叔叔。他似乎低头在闪躲什么。

"陈阿姨不住这了。"爸爸连忙向茵茵使了个眼色。

还好陈叔叔很快地接口说："我们早已经离婚了。"

听陈叔叔一副很平静的口吻，茵茵也不敢继续再多问，不过至少大概明白了这家人的状况。

就在开门的时候，陈叔叔又说："我请附近的一位邻居过来帮忙打扫、煮饭，所以你们不用担心。"

陈叔叔像是解释些什么，不过这对茵茵来说根本不重要，重要的是开门那一刹那，室内的景象完全吸引住她的全部注意力。

虽然室内有些灰尘，但那些家具看起来都很高级，还

有法国躺椅、精雕细琢的橱柜和矮桌，墙上甚至还有个壁炉，看得出主人的品位。只是那些家具似乎有些掉漆，好像蒙上一层黯淡的灰尘，像是很久没人整修了。

这时听到妈妈说："陈先生，你家真的是很不错呢！整理得真好。"

茵茵一听就知道这是言不由衷的话，从壁橱一角到天花板的吊灯，随处可见蜘蛛网垂吊在那，这怎么能说"整理得很好"呢？

看陈叔叔没回应，茵茵也不敢多嘴，怕不小心又得罪了人家。这时，听见陈先生又恢复那种冷淡的口吻说："你们就住在后面的房间吧！我特地请阿姨打扫了两间客房给你们住。"

哇！还住客房喔！茵茵心头窃喜，迫不及待想去瞧瞧她"这辈子"拥有的第一个"房间"。

穿过长廊，在走道的尽头又是不一样的景象。那里有个小小的空间，另有一套厨房、客厅跟房间，就像是依附在这豪宅旁的小屋一样。

第二章　住一起的陌生人

"这里是以前佣人住的地方，真抱歉！只能让你们委屈一下，因为这屋里唯一还能住人的，大概只剩这个地方了。"

茵茵听到陈叔叔这么说，心里觉得可惜。没想到这么大的房子，能住的空间却不大，那其他的房间是怎么回事？原本住在那里的人又到哪里去了？因为光看这屋子，就知道原来这家的人口应该不少，要不然盖那么多房间干吗？

茵茵才刚来到，心里已经有一大堆疑问了。但这有待日后慢慢找到答案。现在要把东西放下，开始整理收纳。

陈叔叔简单交代了一下，便先出门去照顾果园。那两个小孩也跟着一溜烟儿消失在这栋建筑中了。

爸妈难得有一天可以喘口气，明天就要到果园上班了，自然先忙着把行李打开归位。茵茵分到的是一个4平方米大小的房间，虽然面积不大，但整洁的床铺、舒服的床垫就已经让她很满足了。

"茵茵，喜不喜欢这个地方？"妈妈笑吟吟地看着茵茵

在床垫上跳来跳去。

"喜欢！这个房间好舒服喔！真希望可以一直住在里面。"她天真地回答。

"是啊！你现在不想念学校啦？想继续在这里住下去？"

"不，想念、想念，我只是说这个房间啦！"茵茵赶紧解释。当然，再棒的地方，都无法代替她想要安定的心。

这时爸爸帮忙把茵茵的箱子拿了进来，打断了她们的谈话。

"茵茵，别忘了，我们可是来工作的，不是来玩的。快把东西整理一下，待会陈叔叔回来，爸妈就要跟他上山去了解环境。"

"这么快呀！"茵茵有点小失望，以为爸妈会有一整天的时间陪她。

这时妈妈拍拍茵茵的肩膀说："第一天不是去工作，你也可以一起去呀！"

第二章　住一起的陌生人

"说得也是。"

爸爸没反对，毕竟第一天把女儿留在这个陌生的地方，老实说来他们也有点不放心。

就在他们说着话时，忽然发现门口有个黑影晃过。茵茵先看到了，连忙指向房门口："是谁？谁在那里？"

爸妈同时转头走了出去。

却是看到那两个小家伙的背影，"咻"的一下从门口闪过。

"啊，是陈先生的两个孩子。"妈妈松了口气，还回头怪茵茵大惊小怪的。

"好啦！别老是大呼小叫的，把人家吓着了。他们看到有陌生人住进来，好奇也是正常的呀！"

"嗯，还是快点把东西整理一下吧！"爸爸接着说。

茵茵点点头，但心里老觉得有些不舒服。因为那对小姐弟光明正大地走进来打招呼就好了，这样的行为倒是有点把他们当外星人一样。

秘密花园

茵茵很快就把那些小件的行李整理好了,她走出来看看有没有需要帮忙的地方。就在小小的客厅外,又看到了那两姐弟。

这次他们没有再"逃跑",睁着一双好奇的眼睛打量着她,但那眼神却充满着防备。果然等茵茵笑着向前想跟他们打招呼时,两姐弟立刻一溜烟儿跑了。害得茵茵傻站在那里,一时间反应不过来。

怎么有这么怪的人呀!茵茵怎么也想不透。这时刚好听到爸妈喊她,茵茵只能先把这些念头搁在一边。

中午的时候,那位来这帮忙的阿姨终于出现了。她一来便热情地先到后面的房间跟茵茵他们打招呼。

"哎呀!吕先生、吕太太你们来啦!欢迎、欢迎!"

阿姨长着一张圆圆的脸,从粗黑的皮肤看得出她在山上历经风霜,还有着乡下人粗糙的大手掌。在茵茵眼里,她大概是这房子里唯一热情的人了。阿姨自我介绍姓周,妈妈要茵茵管她叫周阿姨。

第三章　格格不入的家庭

除了简单的自我介绍外,周阿姨似乎像是家里的管家一样,提醒茵茵一家人关于这屋子里的规矩。从周阿姨口中可以得知,她对这屋里的一切了如指掌。

"陈先生希望你们尽量在这个区域活动,别到其他地方。因为这屋子已经年久失修,怕一不小心出了什么意外。"

"我了解,我了解。"妈妈也很客气地回应。还郑重其事地回头叮嘱了茵茵一下,"听到没,没事千万不要乱跑。"

茵茵乖乖地点了点头,小心翼翼地问:"那屋旁那个花园呢?"

"什么花园?"妈妈没有听懂。

倒是周阿姨的脸色有点变了,急忙回答:"那里更是不能去——"

说完,似乎发现自己的口气过重了些,连忙又堆起笑脸解释说:"不是啦!是那里已经封闭很久,怕有蛇、毒虫之类的,万一被咬到那可不得了。"

"说的也是。"妈妈不疑有他,也跟着回应说,"茵茵,听到了没有?"

"嗯。"茵茵点点头,但还是满肚子疑惑。因为她感觉到,似乎一提到花园,周阿姨就变得特别紧张,之前陈叔叔也是。

这时周阿姨看了一下表,连忙起身说:"啊!不多聊了,陈先生也快回来了,我得赶快做饭去。"

"我也去帮忙吧!"茵茵的母亲也客气地跟着站起来说。

"不用了,别忙,先整理好你们的东西吧!"

即使周阿姨礼貌上这么说,妈妈还是过去帮忙。茵茵妈妈应该是想跟周阿姨处好关系吧!就算同样是被雇来的人,以后也会有需要到对方帮忙的地方。

第三章　格格不入的家庭

很快的，陈叔叔回来了，大家围在餐桌前吃了简单的饭。这也是茵茵后来唯一跟陈叔叔吃过的一顿饭。

那两个孩子在餐桌前，对茵茵的态度依旧很冷淡，甚至，茵茵可以很明显地感觉到对方的排斥。就算陈叔叔在饭桌前不时叮咛姐弟俩要好好跟茵茵相处，但茵茵并不觉得那番话起得了任何作用。

饭桌上，只有爸爸跟陈叔叔客气地交谈，不过大部分都跟工作有关。那两个姐弟则始终用着审视的目光打量着茵茵。

下午跟着大人们到山上去的时候，茵茵反倒觉得有种透口气的感觉。山上不只空气好、风光明媚，站在果园前往后看，还可以看见层层叠叠的群山，不远处还看到几个工人在埋头工作。

不过大概也只有茵茵有这种心情欣赏，爸妈早就一头钻进果园里，仔细聆听工作的细节。

"通常，不忙时你们天黑就可以离开。除非是人手不够……"

茵茵听到陈叔叔前面说的一句,还暗自高兴了一下,没想到后面还附上了这么一句。想是这地方这么偏僻,应该平常人手都很不够吧?

"那我呢?我要做些什么?"茵茵连忙插嘴问。

这点,陈叔叔倒是很宽厚地说:"不用了!你就待在家好了,你这年纪就应该玩耍,不需要来陪你爸妈工作。"

"那太棒了!"茵茵欢呼了一声。惹得爸妈瞪了她一眼。

"别担心,家里有周太太照顾,我的两个小孩也放暑假了,茵茵应该不会感到无聊、也有人照顾,只要……没事别到花园那头去就行了。"

陈叔叔说的也跟周阿姨一样,都特别叮咛别到花园那边。这次茵茵学乖了,没有再追问"为什么"。

"真是谢谢你啊!老陈。"爸爸对这点倒是很感激的。

因为照以往的经验,爸妈上山工作,只要雇主提供住处,都附带茵茵必须一旁帮忙的条件。难得这位朋友可以

第三章 格格不入的家庭

体谅孩子的辛苦,并没多作这点要求。

"茵茵,快谢谢陈叔叔。"妈妈还提醒了一下茵茵说。

哪知茵茵没头没脑地说:"那我无聊时也可以来帮忙吗?"

"最好不要。"陈叔叔回答得很干脆,"这里的果园坡度很陡、果子结得又高,像你这样的孩子来会很危险的。"

茵茵只好闭上嘴巴,沉默地点点头。

爸爸跟着也拍拍她的肩膀说:"人家陈叔叔是好心,怕你发生危险。这个暑假你可以拥有全部的时间,自由玩耍还不好吗?"

茵茵想想也对,不过,在这前不着村后不着店的山上,陈叔叔家放眼望去,都看不到半个屋顶,家里只有那两个不太友善的孩子,她要找谁玩呢?

不过既然爸妈这么说,她也只好听从,以后再想办法找乐子好了。或许,她真能碰上同年龄的热情邻居也说不定。

第一天,因为有爸妈在身边,茵茵还不觉得怎样,跟

着爸妈在附近散步，好一会儿，那种感觉真的很像度假一样。而那对姐弟依然"神龙见首不见尾"。不过这也好，少了两对监视的目光，茵茵还觉得比较自在一点。

"妈，你看那是什么鸟？"茵茵突然发现树枝上有一只绿色的鸟儿。

妈妈轻笑着回答："我也不知道啊！"

"它们好像在唱着歌呢！"茵茵充满惊喜地大叫。

"是啊！像是欢迎着你的来到。"爸爸开玩笑地加了一句。

"爸，你又知道了？"茵茵忍不住瞪了爸爸一眼。

爸爸则笑着把茵茵揽入怀中，说："茵茵，还喜欢这个地方吗？"

"嗯。"茵茵用力点下头，"也许，这将会是我过得最棒的暑假。"

爸爸笑着拍拍她的肩膀说："是呀！希望如此。如果工作顺利的话，我们每年都来这里好不好？"

第三章　格格不入的家庭

"当然好呀！"茵茵开心地拍拍手说，"而且最好还能回到之前住的镇上，这样我就不用一直转学了。"

茵茵由衷地说，但爸爸妈妈却相互交换了个眼神，显得有些尴尬。能回得去吗？说真的，茵茵的爸爸妈妈也无法作出承诺，目前来说只能走一步算一步了。

茵茵有她的期盼，但在现实方面，爸爸妈妈也有他们的考虑。他们当然希望能尽早安定下来，老是搬家对女儿的教育方面很不好。但他们有什么办法呢？只希望这次真的能如预计的那样存到钱，让夫妻俩能早点满足女儿的愿望。

就在他们聊到一半时，忽然茵茵眼尖地发现，花园的竹篱笆有个影子晃过。

起初，她以为又是那两姐弟，但仔细看去，那影子是在竹篱笆内，也就是花园内，而且那身影高度和大人一般。她好奇地紧盯着影子不放。这时爸爸妈妈也敏感地发现了。

"茵茵，怎么了？"爸爸问。

就在爸爸询问时，那黑影一下子便消失不见了。

"不，没事……"茵茵虽然嘴里这么说，但还是又忍不住回头张望。不过，再也没看到任何影子。

说不定是自己眼花了，也许是树影。茵茵替自己找了个合理的解释。

第二天，茵茵的爸爸妈妈一早就上山了。周阿姨来了一下就走了，她前脚刚走，那对姐弟就像刻意闪躲似的，也一溜烟儿不见了，独留茵茵在空荡荡的房子里。

一开始，茵茵还充满好奇，在屋里晃来晃去，只是避免走到走廊深处。从大厅、桌几上摆放的装饰到墙壁上挂的画，她一一端详着，不知不觉走到了第一间房间的走廊起点，一个挂在走道上的女人画像吸引了她的注意。那是一个穿着一件红色旗袍的女人，头发挽起，还插了一根发簪，看起来格外高贵典雅。

茵茵记着周阿姨的叮咛，不敢踏进走廊，只能靠在一段距离外的墙壁上仔细端详，看着画中人物水汪汪的大眼，她觉得眉宇之间有种似曾相识的感觉。

第三章　格格不入的家庭

忽然，背后"哐啷"一声，把茵茵吓了一跳，连忙回头，发现原来是柜子上的一个饰品倒了下来。

可是旁边没有人，相框怎么会自己倒下呢？

茵茵连忙冲出去看，刚好看到跑得慢的阿家转进屋外一角。原来是——想必也是他姐姐带着他躲在那里偷看吧！

真是奇怪的姐弟。

茵茵也管不了这么多，既然已经来到门口，就不如到附近走走，了解一下环境。

于是茵茵独自一人，漫无目的地在门外闲逛。她沿着花园旁的围墙走下去，那墙面爬满了青苔跟藤蔓，连墙壁的接缝都长出满满的青苔，看来真的很久没人整理了。再往另一头看去，还有些鸡、鸭在跑，不知是从哪里跑来的。

茵茵看到一只鸭子带着一群小鸭晃着屁股前进，那模样有趣极了。她立刻深深地被吸引住，连忙跟上前去。鸭子受到惊动，忽然没命地跑了起来。

"呱呱呱呱……"

"别跑呀!等等我呀……"茵茵觉得好玩的追上前去。

只见鸭子跑得越来越快,小鸭们也发出"叽叽喳喳"的聒噪声,忽然间,几只鸭子转向旁边篱笆的洞口并钻了进去,好像熟门熟路一般。

茵茵在那座篱笆前停了下了。那道篱笆刚好是用来分隔花园跟外界的界线。她没想到,在围墙尽头会有这片篱笆,虽然布满了荆棘、藤蔓,但依稀可见里头的树影摇晃。

那篱笆是用竹片简单地搭成的,虽有一个大人高,但底下裂开的缝隙却足够她钻进去。茵茵忽然起了个念头:我该进去吗?

茵茵在外头犹豫了一下。

就在这时候,她的脚踝被撞击了一下。低头一看,是一个排球大小的皮球。茵茵低头捡起了皮球,发现那两姐弟不知何时出现在她身后几米的地方。那个姐姐在前,弟弟则在后面。

第三章　格格不入的家庭

"姐，快把球捡回来啦！"茵茵听到那个弟弟喊着，但姐姐却动也不动。

茵茵为了示好，大方地捡起球朝他们走去，还高举手上的皮球说："这是你们的球吗？我可以一起玩吗？"

那个小弟弟立刻朝她跑来，但经过姐姐身旁时，却被姐姐一把抓住。

"不要过去！"

听到那个姐姐严厉的声音，茵茵也站住了脚。

接着，听到那个姐姐又说："走！我们去拿另一颗球来玩！"说完，那个姐姐一转身，拉着弟弟快步离开了。

弟弟不解地跟在后头喊："姐，为什么？为什么不能玩那个球？"

姐姐没理他，用力扯着他的手臂往前走，"走了！问这么多干什么？"

茵茵傻在那里，心里其实也有跟阿家一样的问号，为什么不能玩这个球？为什么他们不能跟她一起玩？

茵茵的心情一下跌到谷底，再也无心在外面晃，一个人默默地抱着皮球坐在屋旁的台阶上。

这时才差不多十一点，难得的好天气，太阳暂时赶走山上的寒意。茵茵无聊地四下张望，眼睛不自觉地又放在那片高墙后的花园。忽然，从不远处篱笆的裂缝中，似乎又看到一个黑影晃过……茵茵连忙伸长脖子，想看个清楚。

"茵茵，你怎么坐在这儿？还穿得这么单薄？"

茵茵看得太出神了，没注意到周阿姨走过来的声音，还被吓了一跳。

"啊，是周阿姨呀！"茵茵连忙笑着点下头，接着又把视线放到花园那头。"刚才好像有人在里头。"

"哪里呀？"阿姨问。

"那个花园。"茵茵把手指向前方。

但她的手却被轻轻拍了一下，"别胡说，那花园里怎么会有人？一定是你看错了，可能是树影什么的。"

第三章 格格不入的家庭

"可是……"

"别可是不可是的,那个花园早就封闭很久了。"说完,周阿姨拉起茵茵的手说,"来,阿姨今天特地从自家菜园摘来一些新鲜的番茄,你过来帮忙阿姨洗一洗,待会可以先吃几个。"

第四章 惊魂记

番茄？她才不爱吃番茄呢！茵茵心里想，嘴巴却没说。看阿姨这么热心的模样也不好拒绝，于是只好顺从地跟着。就在要踏进屋里的一刻，还是忍不住回头看了花园一眼。

又是一个影子晃过去。茵茵这次很确定没看走眼。那应该是一个人，好像就在那里监视着她的一举一动。

茵茵在厨房里帮着切菜、洗菜，这些原本是在家里经常做的事，却赢得了周阿姨一阵赞赏。

"哎呀！茵茵真的很厉害喔！"

"没什么啦！我在家里常做。"

"是吗？唉！萍萍年纪和你差不多，不过这个'大小姐'可比你差多了。"周阿姨似乎有感而发地说。

"是吗……"茵茵的口气淡了下来。这时周阿姨忽然想

第四章 惊魂记

起什么的问:"对了,你在这还习惯吗?跟那两个小朋友相处得还好吧?"

被这样一问,茵茵沉默下来。似乎周阿姨也能感觉到她的心情,连忙给她打气说:"没关系的,刚来时不习惯,你很快就会适应的。说起来,那两个孩子也是可怜……"

话说到一半,周阿姨似乎发现自己说得太多,连忙打住。倒是茵茵还又再提起关于那个花园的事。

"对了,阿姨,为什么那个花园不能进去呀!我今天经过时,真的发现里头像是有人啊!"

"这……这不可能的,那个花园荒废了好久,怎么可能呢?"周阿姨虽然这么说,但表情却显得有点慌张。接着赶紧换了个话题说:

"啊!水开了!帮我把萝卜放下去吧!"

茵茵一回头,果然锅里冒着白白的蒸汽,她连忙帮着把萝卜一个个放下,也暂时中断彼此间的谈话。

吃中饭时,那两姐弟才终于出现。不过他们始终沉默

着，快快把碗里的东西吃完，便离开了饭桌，像是要躲茵茵一样。

等他们前脚一走，周阿姨后头紧跟着说："这两个孩子，怎么这么不懂礼貌，看到人也不打声招呼，一个字都不吭。"

周阿姨边收拾边叨念着，还偷瞧了茵茵一眼，生怕她心情受影响。

"没关系啦！我又不是客人。"茵茵只好大方地说，免得周阿姨担心。

周阿姨忍不住夸她说："难得你这么懂事，要是那两个有你一半懂事就好啰！"

茵茵只好笑着没讲话。接下来周阿姨又开始忙着收拾、打扫，不到一个半小时就匆匆要离开了。看周阿姨要走，她心里难免一阵失落。

"阿姨得回去照顾小孩。"周阿姨这么说。

茵茵有点不舍，跟着她来到门口。

第四章　惊魂记

"别担心,你在这里没事的。阿姨傍晚还会过来帮陈先生做饭。"

周阿姨走了几步又回过头来,特别叮咛道:"你没事少靠近花园那边,那里面上回跑出了好几条蛇。"

茵茵听话地点点头,但从周阿姨闪烁的目光来看,茵茵觉得她在说谎。如果真的有蛇,那为什么她老是感觉有人在里面,而且,似乎在偷偷观察这里的动静。这实在太奇怪了!

茵茵等周阿姨走后,无聊地坐在门前台阶上,朝花园那头呆望着。但这次,却没再看到任何影子。

真的是她看错了吗?

等了好久,那头除了枝头摇曳的树影之外,什么鬼影子也没有。倒是她忽然被身后的动静惊动,差点跳了起来。

一回头,发现一个老人正站在敞开的大门口。

茵茵睁大了眼睛看着对方,连忙又倒退了三步。

"你是谁?"她惊慌地问。

"我是这里的员工,回来拿东西的。"倒是那老人口气平静地说,接着还反问她,"你是从哪来的?怎么跑到这里玩?"

听到对方开口问,茵茵连忙说:"我爸妈在这里工作,我是跟他们一起来的。"

"喔。"那老人倒是不废话,轻轻点了点头便驼着背匆匆离去。

等他一走,茵茵才想到,刚并没有看到任何人进来的身影呀!他到底从哪里来的?茵茵望着那个被他关上的大门。他是从里面出来的?但是,他又怎么进到屋里的呢?

会不会是小偷?!

一这样想,茵茵突然起了一身鸡皮疙瘩。左思右想,那个老人看起来都快七十岁的模样,当工人也未免太老了吧!茵茵越想越不对劲。如果是小偷,那她刚刚还跟对方聊了一下,那不是太可怕了?想到这里,茵茵开始慌了起来。这时她应该向谁求救,找谁帮忙呢?

第四章　惊魂记

望着唯一通向果园的道路，茵茵决定用自己的力量上山去。

她沿着汽车的胎迹跑啊跑，除了偶尔被惊扰飞起的鸟群之外，路两旁连一栋房子、一个人也没有。起先路旁只是一些杂草，后来树越来越多，天空也被遮了一半。她开始感到不安了。

突然，不知从哪里刮来了一阵大风，树枝摇晃得更加厉害，引起落叶纷纷，茵茵被这从未见过的景象吓呆了，尤其又是一个人孤单地站在林子里。

"妈呀！"

她吓得忍不住大喊，埋起头来努力往前冲。一阵诡异的风从身后灌了过来，仿佛像是山里的妖精在追她一样，茵茵边跑边呼叫起来："别追我！不要！救命呀！救命——"

茵茵拼了命地边叫边往前跑，忽然一个黑影冲了过来，茵茵这会儿连魂都吓飞了，立刻双腿发软地跌坐到地上。

"茵茵,你怎么了?你怎么会在这个地方?"

奇怪?那声音有点熟悉,一抬头发现竟然是周阿姨。

茵茵的泪水立刻迸了出来,整个人投向对方的怀抱。"周阿姨,碰到你真是太好了……"

"怎么回事?到底发生什么事了?"周阿姨不断地拍着茵茵的背安抚着。

茵茵只是哭啊哭,口气颤抖地说:"刚好可怕……好像有人在追我……"

"追你?谁在追你?"周阿姨左右张望了一下,"这附近没有人呀!"

"是……"

有了阿姨壮胆,茵茵才敢往后偷瞄了几眼。的确,后头空荡荡的连半个人影都没有,只有忽然吹起的一阵风扫起了地上的一堆落叶。看来,好像真的是自己吓自己了。

茵茵这才止住了泪水,阿姨把她扶了起来。

第四章 惊魂记

"好啦！没事，别哭呀！"阿姨拍拍她的背说。

茵茵点点头，等稍微平静之后，茵茵想起了问："对了，阿姨，你怎么会突然出现在这里？"

"因为我家就在附近呀！我过来是想拔些野菜，晚上用来煮晚餐吃的。"周阿姨指指身上挂着的一个布袋说，"那你呢？你怎么没事跑到这来了？"

"我不是乱跑，是家里……好像……好像遭小偷了。"

"小偷？！怎么会？"周阿姨一听也吓了一跳。

"是真的。"茵茵连忙解释说，"下午我坐在屋子前，突然出现了一个老伯跟我说话，他好像是从屋子里走出来的……"

"他跟你说了什么？"周阿姨比较关心的是这个问题。

"他说是陈叔叔的员工，回来拿东西的。"

"就这样？"

"嗯，"茵茵用力点了点头，"不过，我才不信！他怎么

可以私自进到屋子里？所以我才觉得可能是小偷……"

"那人长得怎样？"

"粗粗的灰白眉毛，额头上有块很大的黑斑，大大的鼻子，小嘴巴……"茵茵慢慢地形容起来，却觉得感觉上跟阿家有点神似。"他个子跟我爸一般高，看起来像是七十多岁……"

"喔——"没想到，周阿姨听完倒是像松口气的感觉，"我知道他是谁了。"

"谁？你认识他吗？"茵茵连忙问。

周阿姨赶忙回答："不是、不是！他是——，哦，他的确是陈先生请的工人没错！"

看周阿姨吞吞吐吐的样子，让茵茵觉得有点怪。但转而一想，周阿姨都这么说，她也不该再怀疑才是。于是茵茵用手擦干了脸上的泪痕，打起精神来。

"那是我想得太多了。"

"没错！"阿姨拉起她的手亲切地说，"这也难怪了，

第四章 惊魂记

你刚来会有很多不适应的地方,慢慢就会好了。来,阿姨先送你回家喽!"

"那——"

茵茵朝山上看了一眼,心想也好,反正爸妈待会就回来了,不如就先跟阿姨回家去吧!

还好路上碰到周阿姨,她在茵茵心里,就像救命恩人一样。在这个陌生的地方,大概只有周阿姨会理会她,给她温暖了。不知不觉中,茵茵对周阿姨开始产生了一种依赖感,觉得她几乎是自己在这里唯一的靠山。

有了这个"靠山"陪她后,茵茵之前那种恐惧跟害怕也立刻一扫而光。

"阿姨,你有几个小孩呀?"路上茵茵忽然想起这件事。

"阿姨有四个孩子。"周阿姨笑盈盈地回答说。

"哇!这么多!"茵茵轻呼了起来,有感而发地说,"有这么多兄弟姐妹真好,不像我老是孤零零的一个。"

"哪里好?我都快被烦死了!照顾一群孩子很累的呢!"

"会吗?阿姨的孩子一定很乖吧?"

阿姨拍拍她的肩膀说:"要是都像你这么乖就好了!"

"我哪里乖……"茵茵不好意思的回说,"不过,我真的希望是周阿姨的孩子之一。"

"嗯?这是什么话呢?你爸妈也很好呀!"

"啊……是、是……"茵茵赶紧回说,"只是,我好希望爸妈能再生一个兄弟姐妹给我,这样我就不会老是一个人这么孤单了。"

周阿姨笑了起来:"那你爸妈可就累啦!"

"哈哈……"茵茵跟着周阿姨笑了起来。

阿姨说得也是,像爸妈这样东搬西迁的,真的多一个孩子负担加倍,她有时也该体谅一下爸妈才是。

回到家后,好不容易挨到傍晚,爸妈才回来。一看到

第四章　惊魂记

爸妈，茵茵立刻迎上前去，紧紧地抱住他们。

从来，她都没这么热切渴望着看到爸妈。

"怎么了？你今天还好吧？还习惯吧？"爸爸察觉茵茵不寻常的反应，连忙关心地问道。

茵茵连忙点了点头，把今天下午发生的事埋在心底，免得爸妈过度担心。

"不错！这里还挺有趣的。"虽然明明知道自己说的违心之话。

晚饭时，难得陈叔叔跟姐弟俩也在，大家围在一桌吃饭，暂且赶走了茵茵寂寞的感觉。

不知道周阿姨在陈叔叔耳边嘀咕了些什么，饭才吃了一半陈叔叔便走了出去，一直到大家都吃完了还没回来。

"阿姨，陈叔叔呢？"茵茵离开餐桌时，还特地问周阿姨。

"噢，临时有人找他谈事情。没事，你别担心。"

听周阿姨这么说，茵茵也没多问。

只是一直到很晚，都还没看到陈叔叔回来。倒是她跟爸妈回房间时，听到妈妈跟她说："茵茵，这里要开始收获了，从明天起，爸妈也不能这么早回来陪你了，你自己要好好照顾自己啊！懂吗？"

"啊？这样呀……"茵茵听了，口气很失望，"那我要做什么，这山上……好无聊呢！"

"怎么会？你刚开始不是很喜欢这里吗？"爸爸也过来跟着聊。

"嗯……这个嘛……"茵茵有口难言。

的确是，刚开始第一眼，她是觉得这里风景很美，跟山下是全然不同的世界。但离开城市，她碰不到一个同学或朋友，甚至连同一个屋檐下的小孩，都对她避而远之。像这样，她怎么会觉得山上好玩呢？

看茵茵苦着一张脸不讲话，爸妈似乎也能看出些端倪，连忙安慰她。

第四章 惊魂记

"慢慢来,你总会习惯的。以前我们也经常搬家,你很快就能适的"爸爸说。

"是啊!何况这里还有两个小朋友,你可以跟他们一块玩呀!"

妈妈这点就太不了解了!茵茵听了马上嘟起嘴来:"可是他们都不理我。"

"那你更要主动呀!"爸爸搂着她的肩膀说,"你不是很会交朋友的吗?相信很快他们就能接纳你的。"

茵茵在心里打了一个大大的问号:"最好是吧!"

"当然会。"爸爸鼓励她说。

晚上,山上安静得很。茵茵听到了陈叔叔的脚步声,但进来没多久又出去,似乎很忙的样子。

来到山上已经第三天了,茵茵跟阿家、阿萍的关系还是"冷到冰点"。

那姐弟俩只会探头探脑地远远观察她,等茵茵一走近又飞快地跑开了,这举动让茵茵郁闷极了,觉得自己像是

秘密花园

关在动物园的猴子一样被看着。

茵茵唯一期待的,也只有偶尔会来照顾三餐的周阿姨。但她总是忙了一下便匆匆离去,毕竟家里还有一群孩子要照顾,茵茵也不能老赖着她。

这天下午,茵茵勉强拿出带来的故事书,那本书的边缘有些破烂,她都不知看了多少回了。茵茵没看几页又把书放下,正午阳光灿烂,她怎么肯乖乖待在房子里呢?

茵茵宁可出门待在屋前的阶梯上发呆,像她之前的动作一样。

接连两天没再看到那个老伯伯出现,茵茵隐隐觉得应该是有人警告了他,或许是陈叔叔。

茵茵才一屁股坐下,便发现花园那头的篱笆又有黑影闪过,这次,她似乎已经习惯了,没再感到那么害怕。如果要怕的话,那姐弟俩应该比她还早警觉吧!

茵茵望着那个黑影,似乎在篱笆前停了下来。这次停的时间似乎特别长,好像跟她对望一样。

第四章　惊魂记

终于，茵茵忍不住站起身来朝花园的篱笆走去，就在她跨出没两步，那个黑影便"咻"的一下不见了。这情形让茵茵不免紧张了起来，说不定那才是真正的小偷？！

茵茵的脚步犹豫了一会儿，最后还是决定往前瞧个究竟。这时，忽然一阵怪异的声音吸引她的注意。

那是什么？茵茵歪着头倾听。是水声？！没错！的确像是洒水的声音，而且声音是从篱笆内传出来的。

怎么会有人在里头洒水？花园里不是谁都不能进去吗？这时茵茵再也忍不住了，直接跑向围墙，把脸贴在篱笆外往内瞧……

一道水柱从花园深处出现，透过太阳光的反射，"哗啦""哗啦"地洒在草丛中。茵茵这才发现，虽然靠篱笆这边的草木大多是枯黄的，但在花园深处却展现了一小块翠绿。这表示花园是有人照顾的？

这怎么跟大人说的不一样？

茵茵更加好奇了，伸长了脖子想看清楚是谁在浇水。

在树影交错间，隐约看到里面的人穿蓝色的上衣，却看不见清晰的面貌。忽然间，浇水的声音停了，草丛中发出"窸窸窣窣"的声音，伴随着脚步声缓缓离去。听那声音不像是小孩子的脚步，不可能是那姐弟。

茵茵又等了一会儿，直到那声音不再出现，这时她已经忍不住强烈的冲动，想进去瞧个仔细，到底刚刚是谁在那里。

茵茵回头张望，屋前冷冷清清的，那对姐弟早就不知溜到哪儿去了。确定没人发现后，她试着把一只脚探进篱笆的缝隙间……

第五章 意外发现的游乐园

 意外发现的游乐园

　　那个空间实在太小了，脚根本够不着地面，如果硬要钻进去，可能篱笆都会被她弄一个大洞。于是茵茵只好先把脚缩回来，继续寻找可以进入的空间。就在这时候，她灵机一动，想到之前看到小鸭钻进去的那个角落。

　　茵茵又往前走了几步，终于发现那个洞了。虽然被杂草掩盖，但那洞口的大小足够她整个人钻进去。于是茵茵趴在地上，想办法把自己塞进那个空间里……

　　她的头过去了，接着肩膀……茵茵暗自得意起来，一边爬着，一边还小心翼翼地回头张望，以免被人发现。幸好，这里除了树上小鸟"啾啾"的叫声外，根本没半个人影。茵茵深吸一口气，快速地把身体挤了进去，整个人埋在里头的藤蔓杂草中。

　　呼！终于进来了。茵茵忽然心跳加速起来，有种探险

的刺激感。不知在这座被称作"禁地"的花园里，将会有什么样奇怪的发现。

她先是小心地探头探脑，确定周围没人之后，才慢慢地从草丛中站了起来。

环顾四周，都是一些枯萎的花草，地上早就杂草丛生，眼前所见是一片荒芜的景象。往左看是一处凉亭，上面也是布满了枯黄的藤蔓；右边则有一大排倾倒的矮墙，依稀可见一些精致的雕花。

往左还是往右？茵茵没考虑几秒钟，便决定先去看看那处凉亭。

茵茵边走还边四下张望着，刚刚听见的脚步声，早就像消失了一样，这里连鸟叫声都没有，真的像是被废弃了许久。她走没多远，便来到凉亭这边。

那里有一个白色大理石的圆形石桌和几个石椅子，桌椅上铺着一层厚厚的尘土。不过令茵茵意外的是，其中有张椅子像是被清理过，最近曾有人坐在上面。

第五章　意外发现的游乐园

茵茵没多想，立刻跑到那张石椅上坐下。才一坐下，便发现在桌上攀结的藤蔓中，似乎有些圆圆的像铜板一样的东西。茵茵伸手拿起两个，拍掉上面的泥土，才发现那根本不是什么钱币只是塑料纽扣而已。

不过这么大的纽扣应该是大衣上的。茵茵看纽扣上的花样倒是挺别致的，于是把它收进了口袋中。接着，她又注意到另一张椅子下，似乎有个东西，弯腰一看，原来是个皮球。

茵茵连忙跪在地上，想去捡皮球，就在拿到皮球时，她的视线落在前方交错的藤枝中，有一小片橘色的布，上头还衬着蕾丝。茵茵不知道那是什么，好奇地靠近用手扯了一下。

没想到竟然扯出了一个脏兮兮的洋娃娃。茵茵先是吓了一跳，整个人跌坐在地上，手上的皮球也滑了出去。

茵茵忙着去捡皮球，等捡到皮球后，回头才仔细瞧了两眼。其实那个洋娃娃一点也不可怕，大大的篮眼珠、金

秘密花园

黄色卷卷的头发，穿着一件橘色的公主装，那曾是茵茵小时候梦想的玩具。茵茵连忙弯腰把娃娃捡了起来，拍了拍灰尘。

洋娃娃的脸跟四肢有点脏，但被茵茵拍一拍也干净了大半，露出了非常可爱的脸蛋。虽然脸上还剩了些脏污，但看起来反倒更惹人怜爱。

茵茵紧紧地把娃娃抱在怀里，开心极了！没想到第一天的探险，就有了这意外的收获，茵茵雀跃地跑跑跳跳起来，把皮球在地上拍着玩。

忽然，一个不小心，没接着皮球，皮球一直往前滚着，茵茵追上去。那个皮球滚得太快，一下子滚进了水泥地板的裂洞里。茵茵连忙站住脚，发现自己正站在一座破旧的木屋前面。

因为这个木屋被一堵矮墙挡住，所以刚进来的时候茵茵并没有发觉。那木屋是用厚实的木板钉成的，墙面已经有了腐朽发霉的痕迹，屋檐下垂挂着几缕蜘蛛丝，随着微风飘动着，看起来格外阴森。

第五章 意外发现的游乐园

从外观上看来,这应该是很久没人住了。茵茵好奇地从窗户往内窥看,却是黑压压的一片什么也看不到。

这时,从不远处隐隐约约飘来一阵嬉闹声,听得出来正是那两姐弟在外头玩耍。茵茵蹑手蹑脚靠近围墙边,听到他们在外头说着话。

"那个讨厌鬼呢?"姐姐问,"好像很久没看到她出现了。"

弟弟回说:"是啊!我都没看到她到外面来玩呢!"

"哼!搞不好躲在房间里不敢出来。"那个姐姐说。

"是呀!"那个弟弟像个应声虫一样,"姐,要不要我们去偷看她在里面做什么?"

听到那弟弟一讲,茵茵心跳了一下,万一他们发现了她不在屋里怎么办?现在茵茵出去也不是、不出去也不是,只能站在那里动也不敢动。

幸好后来听到那个姐姐说:"算了,管她在做什么,我们去大树那边玩好了,我昨天发现有人把宝藏藏在那

里哦!"

"什么宝藏?我要看!我要看!"那弟弟兴奋地叫着。

"我们走!我带你去看!"

声音越来越远,茵茵这才松了口大气,一回头,忽然一个黑影遮住眼前的光线,茵茵这一吓整个人跌坐在地上。

"妈呀!有鬼呀——"茵茵连忙闭上眼睛。就在这时候,她听到耳边响起了一个声音。

"你在这里干吗?"

那声音低沉有力,不像是鬼的声音。茵茵偷偷睁开一只眼睛,那人——不就是之前在屋子前面碰到的老伯伯吗?茵茵立刻口无遮拦地伸手指向他,说:"你就是那个小偷?"

一说完,才发现自己说错了话。幸好那老伯伯一点也不在意,还伸手作势要将她扶起。茵茵当然没这么温顺,连忙往后闪。

第五章　意外发现的游乐园

那老伯伯愣了一下，接着皱起眉头说："希望你没摔伤。不过，你还没回答我的问题？"

"什么问……问题呀？"

"你跑到这儿来做什么？"

"我……我进来玩的……那你又怎么会出现在这里？叔叔说谁都不准进来。"茵茵反问他说。

"哦？是吗？那你怎么不听话？"那老伯平和地回答。

"我……我是因为太无聊了，觉得花园里应该很好玩……"

那老伯伯歪头看了她一下，倒是没有责备她的意思。茵茵这下才放胆问："那你又怎么会出现在这里，你也不听叔叔的话啊！"

老伯伯微微勾了一下嘴角，笑了起来："你站起来，我就告诉你。"

茵茵连忙拍拍屁股站了起来："好，你说。"

067

"我是……这里的园丁。"

"园丁？原来你是园丁呀！"对方还真是这么说，茵茵相信了，立刻天真地说，"啊！真吓了我一跳，我还以为你是小偷呢！"

"小偷？！"老伯伯像听到什么天大的笑话一样，低头闷笑起来。

"对不起——"茵茵难为情地低下头来，"那我现在知道了，刚才洒水的人就是你。"

"嗯，你可以叫我洒水伯，就是别再把我当小偷就好了。"老伯伯说。

"不、不，我直接叫你老伯伯好了。"茵茵一听更是不好意思。

接着老伯伯指指她手上的东西说："你这些东西在哪里拿到的？"

茵茵听了，立刻心虚地说："啊！在……在凉亭那边，

第五章　意外发现的游乐园

我以为是没人要的。"

茵茵以为老伯伯会怪他，没想到他却淡淡地说了一句："那个娃娃借我看看好吗？"

茵茵把娃娃交到老伯伯手上，老伯伯凝视着娃娃好一会儿，像是陷入了某种回忆中，眼眶浮现出一层淡淡的雾气。但很快的，老伯伯低下头来，把娃娃塞回了茵茵的手上。

"你拿去吧！"

"真……真的可以拿吗？"

老伯伯口气平静地回说："这次可以，但以后还是不要再乱捡东西了。"

"谢谢老伯伯。"茵茵诚心诚意地说，"那——我以后还可以进这里来吗？"

"随时欢迎。只是，别跑太远，就在这个范围内玩耍。"老伯伯定了个规矩，"而且——进来时最好小心，别让别人

发现了。"

说完这些话,老伯伯转身便离开了,连声"再见"也没说。等茵茵回过神来,他已经消失在树丛中。不知那老伯伯从哪里来,总是这么来无影去无踪。

茵茵本想跟过去看个究竟,但想到老伯伯跟她的约定,不可以到里面去,连忙停住了脚步。

篱笆外的笑闹声又隐隐约约传来,茵茵想是那两姐弟快回来了,于是她赶忙离开花园,从原来的地方钻了出去。出去的时候,她还特别把娃娃跟皮球搁在藤蔓间,当作"藏宝"的地方,等下次来,便可以再玩。

还好,茵茵先一步出了花园,看到了那两姐弟朝这头跑过来。当姐姐看到茵茵时,连忙停下脚步,用一种敌视的态度打量她。那个弟弟跟在后面没看到茵茵,还继续笑闹着一把抱住姐姐。

"哈哈,我抓到你了!"

"别闹了。"那个姐姐把弟弟推开。这时阿家才注意到

第五章　意外发现的游乐园

前面的茵茵。

"姐，她从哪里跑出来的？"

阿家无心的话倒是让茵茵心虚得吓了一跳。幸好那个姐姐根本不在意阿家的话，拉住弟弟的手臂，还一副不屑的口吻说："你干吗那么在意她，管她从哪出来的？走！我们到后面去，不要理她。"

弟弟一边被拉走，还一边回头望向茵茵。可以看出，这个弟弟其实没像姐姐一样这么讨厌她。

但是……这样又如何？他们是姐弟呀！而自己也不过只是个外人而已。

茵茵离开前又回头望了花园一眼，那里安静无声。似乎里头的人也在刻意避开外头的纷扰。

茵茵没再回到花园里，却很期待第二天能去花园里探险。

第二天、第三天，每天早上、下午等周阿姨离开，趁

秘密花园

那两姐弟跑到后面大树下玩耍时,茵茵都偷溜进花园。

在那里有陪伴她的可爱洋娃娃跟新鲜的事物;有时她还能碰到一小群蝴蝶飞舞,在地上找到一些弹珠、扑克牌之类的玩意儿。在这里永远都会有新的发现。

茵茵还注意到:每到下午,那老伯伯都会固定出现替花园浇花。不过因为那个区域离这里还有段距离,茵茵不确定那边是不是真有所谓的"花园"。有开着鲜艳花朵的地方?还是这只是老伯伯固定的消遣呢?

有好几次茵茵伸长了脖子张望,但那边被一片竹林环绕,怎么也无法一窥究竟。一天天过去,茵茵对那块她无法跨越的秘境,更加充满了好奇。

这天,茵茵终于在花园里碰到她第一个好朋友——一只黄色的鹦鹉。

那只鹦鹉不知是从哪里跑来的,突然出现在废弃的喷水池边,啄着小小的水迹。

它一定是口渴了,茵茵这么想。连忙钻出花园,拿了

第五章 意外发现的游乐园

一勺水过来。可是当她回来时,发现鹦鹉已经不在了。茵茵有些失望地把水勺搁在一旁。没想到,那只鹦鹉竟然过来了。

它先是轻啄水面几下,接着拍拍翅膀很开心的样子,一不小心却掉进水勺里,弄得水花四溅。茵茵看得有趣极了,忍不住大笑出来。但那鹦鹉似乎一点儿也不受影响,竟然拍着翅膀朝茵茵走了过来。

走到一半,小鹦鹉忽然停了下来,歪着头看她。茵茵忍不住轻声地喊它:

"来、来,快过来呀!你是不是想跟我做朋友呀?"

那只小鸟似乎听懂了她的话,真的蹦蹦跳跳地靠近了。不只如此,鹦鹉还过来轻轻地碰了茵茵的手背,惹得茵茵又是一串笑。

"好可爱哟!"

茵茵一说完,鹦鹉又飞到她的肩头,跟她亲热,惹得茵茵更加开心。那只鹦鹉在茵茵身上跳上跳下,一点儿都

不怕人，似乎特别喜欢茵茵的样子。于是，茵茵也跟鹦鹉玩了起来。

忽然，鹦鹉摇摇摆摆地朝水勺走去，走到一半还像是要等茵茵一样停了下来，朝后面张望着。

茵茵像是知道了它的心声一样，连忙说："噢，你是不是想要我把水勺里的水放到喷水池那边？"

茵茵说完，鹦鹉又朝前跳了两下。于是茵茵连忙走向前，把水勺拿到喷水池旁。她看见了一个像是洗手池的地方，那设计比正常洗手池低矮，像是替小朋友设计的。更棒的是，这个洗手池并没有出水孔，刚好适合把水倒进去。

当她做完这动作时，那只鹦鹉立刻跳进那个洗手池，开心地用翅膀拍着水面。如果不是因为早先看到它，还真会以为它是一只小黄鸭呢！

于是，这一整个下午茵茵都在跟鹦鹉玩，一直到它飞走为止。

当茵茵要走出花园时，内心非常期待再回来时，还能

第五章　意外发现的游乐园

看见那只小鹦鹉。

"茵茵,你最近怎么心情这么好?好像对这里环境适应的不错哟!"

晚上,茵茵帮着妈妈洗盘子,妈妈笑眯眯地说。

"没有啦!"茵茵本想说出花园的事,转念一想又赶忙把话吞了下去。

"是不是跟阿萍、阿家他们一起玩了?"

没想到妈妈又继续问。

一提到那两姐弟,茵茵心里就觉得闷。因为到现在为止,他们连当面跟她说话的机会都不给,怎么可能跟他们玩呢?

看茵茵不说话,妈妈似乎嗅出了端倪,连忙拍拍她的肩膀说:"没关系,不要急,他们可能是还不习惯,等熟了后,一定会过来找你玩的。"

是就好了哟!茵茵心里这么想,却没开口。要是那两

姐弟真的喜欢她，早就过来找她了，才不会像这样一看到她，就好像看到细菌一样逃得远远的。

"不，妈，是这里有一只小鹦鹉。"芮芮唯有这点老实跟妈妈说。

"一只鹦鹉？在哪里呢？"

第六章 陌生的打扰

"妈妈怎么没看到?"妈妈有些惊讶地又问,"你把它养在哪里?千万别让陈叔叔发现了……"

"没有啦!它不在这里。"

"不在这里?"

"嗯……"茵茵差点又要脱口而出关于花园的事,幸好她连忙转回说,"是在屋外看到的,它刚好飞到庭院。"

"噢。"

妈妈听了,这才松了口气,摸摸茵茵的头说:"这样就好。你要知道我们是'借住'别人家,不比在自己家那么方便,一切都还是要谨慎些好。"

"我知道,妈妈。"茵茵低下头来,为自己扯的小谎感到一点点的不安。

不过,她都没有照妈妈提醒的去做。但这也是没办法的事呀!谁叫她在这个山上都快闷坏了,又不敢跑太远。唯一觉得有趣的地方,只有那个花园而已。

"好了,别想这么多了。等爸妈赚到了钱,搞不好带你回原来的镇上,你也可以回去找你的同学、朋友。这阵子就辛苦你忍一忍了。"

妈妈说出了心里的打算。茵茵听了连忙高兴地叫了一声,好像妈妈已经答应了一样。

因为,这是她衷心期盼的。

说真的,她还很想念小琴,还有那些同学们,如果可以回到镇上,她第一个一定先去找小琴,跟她聊关于花园里发生的事情,那些她不敢老实告诉爸妈的话。

幸好,第二天去花园时,那只鹦鹉又准时出现了,像是算好时间在等她一样。茵茵又开心地跟鹦鹉玩了一个早上。

经过这一星期,茵茵大概知道了那老伯伯什么时候会

第六章 陌生的打扰

出现。他总是在隔天的下午两点来到花园浇花。有几次，茵茵还发现他浇过花之后，蹲在竹林后面好久，就像一个雕像一样动也不动。

不知道老伯伯在做什么？

茵茵即便好奇也不敢去问，因为老伯伯只愿意让她在花园的一角玩耍，而且要求她保守秘密，光这点她就很感激了，根本不敢越线一步。

一个星期很快就过去了。那只鹦鹉总是在固定时候出现，好像跟她约定好的一样。茵茵因此也有了伴，不再感到那么寂寞了。

但这天忽然发生了一个小小的意外，鹦鹉没有出现。

茵茵等啊等，觉得无聊，便把小皮球拿出来玩。拍呀拍，忽然一用力，那只小皮球竟然从木屋的门缝弹了进去。

怎么这么刚好？茵茵不觉怔住。呆呆地望着木屋的门，犹豫了半天。

那个木门原本都关得好好的，不知道是风吹的还是怎样，竟然开了一个缝隙。这时四周似乎格外的安静，好像故意诱惑她一样。

里头应该不会有人吧？茵茵这么认为。她告诉自己：只是去捡一下球，一下而已，不会有事的。

于是她壮起胆来慢慢朝木屋走近。她先是偷偷地从门缝看进去，里头是漆黑的一片，应该是连窗户都被东西封住了，才会那么黑暗。她小心翼翼地轻轻把门推开了些……

那个门似乎是年久失修了，发出"吱呀"的一声，茵茵的手连忙停住，一束光线顿时泼洒在室内。

从光亮处只见地上厚厚的灰尘跟一些散落的木块和杂物，茵茵猜测这里不是储藏室就是废弃了的工人房。因为那窄小的空间，跟这偌大的花园很不相称。

茵茵在门外又是迟疑了一下，才鼓起勇气一脚踩进去。

还好，那个皮球没跑太远，就刚好在墙角，茵茵一眼

第六章 陌生的打扰

就瞧见了。她连忙走过去弯下腰来,捡起那个球。就在她起身的刹那,忽然发现前方有一双眼睛在盯着她瞧。

"妈呀!"茵茵立刻惊叫起来,吓得蹲在地上动也不敢动。

那双眼睛的主人似乎也被茵茵吓着了,仓皇地朝屋子后方另一个门冲了出去。在他打开那扇门时,茵茵很清楚地看见,那是一个体型瘦弱的年轻人不是老伯伯。

他一走,茵茵全身还颤抖个不停,勉强从刚进来的地方爬了出去,她连头都不敢回,好像一回头对方会追出来一样。她试图让自己远离木屋,但这时双腿发软根本站不起来,只好趴在地上慢慢地挪动身子。就在这时候,她忽然感觉自己摸到了一只鞋子。抬头一看,差点又把她吓得魂飞魄散。

还好,这时茵茵已经吓得喊不出来了。对方连忙发出"嘘——"的一声。茵茵仔细一瞧,那不正是老伯伯吗?

发现是他,茵茵像是虚脱了般,整个人才松懈下来。

"老伯伯,原来是你喔!吓死我了!"茵茵说。

"你怎么坐在地上,脸色还这么难看?"老伯伯上前一步扶起了茵茵问。

"就是那里——"茵茵手指还有些颤抖地指向木屋,"我刚跑进去捡球,好像有人在那里。"

"有人?"老伯伯的口气却是很镇定,"怎么可能?会不会是你看错了?这里是不可能有人进来的。"

"不!我真的看到有人——"

"说不定只是野猫。"老伯伯的口气很坚定地说。

"可是……"

"绝对是你眼花了!"老伯伯又重复一遍,这回更加重了语气。

茵茵回头看向老伯伯,看到他一脸铁青,于是也只好识相地闭上嘴巴,"也……也许是吧!"

老伯伯这才露出和蔼的微笑,帮茵茵拍拍身上的尘

第六章 陌生的打扰

土说:"不是跟你说过别在花园里乱跑吗?看你被吓成这样……"

"是我的球跑了嘛!"茵茵觉得有些无辜。

"下次球跑了跟老伯伯说一声,我帮你找回来。反正这花园我熟得很,没有什么东西我找不到的。"老伯伯说。

"好……"茵茵也只好暂时这样回答,"那我先离开这里好了。"

"嗯。"老伯伯没说什么。

等茵茵跑到进来的洞口时,还特地回头看了老伯伯一眼。老伯伯也正好看过来,只是他的表情有些凝重,并没有挥手道再见。

离开花园以后,茵茵的内心依然忐忑不安,虽然刚才她顺着老伯伯的意思,但心里却很清楚,那不可能是一只猫。她明明看得很清楚,是一个少年的身影,以及跟她一样惊慌失措的表情。

难道,这里真的有小偷跑进来?

等茵茵走在回屋子的路上，才发现自己手上还拿着那个皮球，忘了把它藏回入口处。

却偏偏这时，阿家不知从哪里冲出来，一看到她立刻停了下来。他的视线落在了茵茵手上的皮球。

"你的球是从哪里来的？"阿家很直接地问。

"我……我刚捡到的。"茵茵连忙扯个小谎。

"那好像是我掉的。"阿家说。

"你掉的？这怎么可能？"茵茵的视线迅速地扫过花园。没想到，她这个小动作却被阿家注意到了。他也跟着转头望向花园那边。

"你是在花园里捡到的吗？"

被这句一问，茵茵一时说不出话来，很怕阿家会到处宣扬。没想到，阿家突然压低声音，轻声地说：

"那里我也偷偷进去过……你不要跟人家说……"

"真的？"茵茵倒是很惊讶，阿家会跟她说这个。

第六章 陌生的打扰

"嗯。千万不要告诉别人哟!"

茵茵看他那一脸认真的模样,忍不住笑了出来。

这时,阿萍出现在后面,朝着阿家大喊:"阿家!你在干吗过来!"

"好!"阿家不假思索地回了一声,但一双眼睛还是盯着茵茵,像是要她保证什么。

"我知道。"茵茵连忙回说,"这是我们之间的秘密。"

"嗯,秘密!"阿家这才满意地点点头,开心地转过身朝姐姐跑去。

等阿家过去了,茵茵听到了阿萍大声地说:"你跟她在说什么?不是跟你说不要跟那种人讲话吗?"

"没有呀!我才没跟她说话!"

"最好是这样啦!"

茵茵看到阿萍用力扯了阿家一下,直接把他拉走了。

还好,刚才阿萍没有走过来,发现她把球藏在身后。

不过,既然球都带出来了,茵茵可没有再回去的意思。更何况,谁知道会不会再碰到那个少年呢?也不知道他是不是还躲在花园里?他会不会对她不利?

茵茵越想越觉得害怕,一连两天都不敢再回到花园里去。幸好爸妈工作回来都晚了也没多问。

不过这件事后,阿家对她的态度似乎改善了不少。茵茵不知道是因为那个"秘密"的关系,还是……

果然,第二天一早,周阿姨走后,茵茵看到阿家偷偷摸摸地,躲在她房间外的走廊东张西望。茵茵刚好要拿妈妈交代的床单去晒,在走廊碰到了阿家。

平常这家伙一看到她跑得比什么都快,这次却难得"光明正大"地站在那里。

"怎么?有事吗?"茵茵从洗衣篮里探出个头问。

"那个球……姐姐,那个球可以还我吗?"

原来——

"好呀!我去拿给你,你等等!"茵茵很爽快地一口便

第六章 陌生的打扰

答应了。此时,笑容立刻从阿家脸上泛了开来。

茵茵先把洗衣篮放到地上,回头很快地把皮球拿来给他。阿家看起来很开心,又蹦又跳地说:"太好了!谢谢你。这个皮球是小时候我妈妈买给我的,我还以为再也找不到了。"

原来是这样呀!难怪看他高兴得这样。不仅如此,阿家还变得很热心地主动帮忙,"姐姐,我帮你去晒衣服——"

"不用了!万一给你姐姐看到,她可能会不高兴呢!"

阿家伸出来的手又缩了回去,似乎他也有所顾忌。

接着,茵茵体贴地对他说:"你还是赶快去把球洗一洗吧!我看那个皮球真的很脏呢!"

"嗯。真的很脏……那我先去洗球了,晚点再来找你。"

"嗯。"

茵茵朝他点点头,心里也很开心,看来这弟弟终于能接

纳她了。接着，茵茵转身拿起床单，到屋子后面去晾。

没想到，在走廊上却遇到了阿萍。她闪也没闪，故意站在茵茵前面，双手叉腰地质问说："你跟我弟弟在说什么？"

"没……没有啊……"茵茵连忙回说。

"没有最好！"阿萍像是自订规矩地说，"我警告你啊！你不要骗我弟弟，我知道你是什么样的人，才不会让他靠近你呢！"

"什么？"茵茵张大嘴巴，一脸莫名其妙的样子"我是什么样的人？"

"你心里清楚就好。"阿萍一副趾高气扬的样子，"你要搞清楚，你只是我们家的工人，不是我们家的客人，等时间一到你就得滚回家了。"

阿萍的这番话，的确重重伤害到茵茵了。茵茵连忙低下头，望着从床单滴下的水渍，难过得一句话也接不上来。

阿萍看自己似乎取得了胜利，得意洋洋地掉过头走开。

第六章 陌生的打扰

茵茵却心情一下变得很低落,心想:看这状况,真要能同时跟姐弟俩当朋友,应该比登天还难吧?!

茵茵勉强打起精神来,把床单挂好,又在晾衣场里发了好一会儿呆,才慢慢地走回屋子。这时候,她特别想念之前的同学,尤其是小琴。想着想着,不觉滴下了一滴眼泪。忽然,屋前有一辆车经过,车里有人探出个头来,朝她拼命地挥手大喊:

"吕如茵!吕如茵!!"

谁?是谁在喊我?茵茵心里突然雀跃了一下。好久,没有听到有人唤她的名字了,她连忙四下张望着。

果然,在门外空地前车道上,有一辆车缓缓地停下来。一个女孩身把头伸出窗外,朝她拼命地挥手。那个人夸张的姿势,要茵茵不注意也难。同时,从车里跑出一个人来——

仔细一看,那不正是班上的同学方家慧吗?

没想到自己心里的愿望这么快就实现了,只可惜——

老天爷送来的，却是她最不希望碰到的对象。

"吕如茵，你怎么会在这里？"方家慧一双眼睛东张西望，充满着讶异的表情，"你来这里度假呀？"

"啊……是啊！"茵茵只好赶忙扯个谎，心里却默默祈祷，那对姐弟不会突然出现来拆穿她。

"哇！好羡慕喔！住这么大的房子，还有庭院……"

"还、还好啦……"茵茵尴尬地站在那里，心情却紧张得很，"你来这里是……"

"噢，我爸妈说这山上有个观光农场，载我来玩，顺便采些水果回去。"

"那很好呀！"

茵茵想里却想：希望不是爸妈工作的那座农场。

方家慧接着又继续说："对了！我们就住在山下的那座农庄，你有空可以来找我玩，我大概会住在那里两天。"

"嗯……好啊！"

第六章 陌生的打扰

茵茵言不由衷地回说,心里却想着:还不快走!快走呀……

还好,这时车上的人在喊方家慧了,方家慧只好跟茵茵挥手道再见。她边跑还不断喊说:"有空来找我哟!"

茵茵朝她挥挥手,她真希望方家慧不要再出现了,怎么可能还会下山去找她呢!

看着方家慧坐的车消失在大门口,茵茵这时才松了口气。没想到想碰到的人不会见到,不想见的却跑来了,希望方家慧没有看出什么破绽才好。

茵茵有些神经紧张地往后张望了一下,确定那两姐弟没出来,这才真正的放松下来。她的视线落在围墙外的树梢,想到自己已经两天没去花园了,不知道鹦鹉"朋友"怎么样了?

第七章 忘年之交

才想到这里，突然树枝上出现了一群鸟儿，它们"叽叽喳喳"的叫声，像是催促着她。也许，她应该进去看看，说不定那小偷已经被老伯伯赶走了，不敢再来了。

茵茵不再犹豫，迅速地蹲低身子从篱笆洞口钻了进去。

茵茵爬呀爬，觉得怎么只过了两天，洞口的藤蔓竟然多了起来，让她没像之前行动得这么顺畅。好不容易从那些枯黄的藤蔓里抽身，一抬头，竟然发现有对亮晶晶的眼睛在瞪着她。

"啊！"茵茵忍不住大叫一声。

但对方显然比她还要受惊，像只小猫一样，被她发出的声音吓得逃之夭夭。茵茵还来不及反应，一下子就不见了对方的身影。

第七章　忘年之交

茵茵还在犹豫着该走还是该进来时,却看到老伯伯朝这头快步走来。

"怎么?发生什么事了?你还好吧?"

他连忙帮忙把茵茵扶起来。

"没……是刚才这里有一个人……"

"有人?我没见到啊!"老伯伯很镇定地说。

这次,茵茵很确定老伯伯是在说谎,搞不好上次也是,他似乎在隐瞒些什么。

"刚才真的有一个年轻人……"

"噢!"老伯伯看似乎瞒不住只好说,"可能是邻居,有时他们要上山捡木头,常会绕错地方。"

"绕到这里来?这里还有其他的入口吗?"

"这……"老伯伯连忙又回说,"没……没有,可能跟你一样是从另一边篱笆的缺口跑进来的。"

这可就奇怪了,对方难道不知道这是私人土地吗?

秘密花园

老伯伯像是要阻止茵茵再问下去，连忙说："我还有事要忙，我会在花园另一头贴上安全标识，阻止那些邻居走错地方。"

"嗯。"茵茵也只好相信了。

"那么，我先走了。你一个人在这里玩，千万不要乱跑呀！"

"好，我知道。"

听到茵茵这么说，老伯伯便朝花园深处走去。

望着老伯伯消失在竹林，茵茵真的有股冲动想跟过去，好奇在花园的另一头到底是什么样的景象。

"叽咕叽咕……"忽然一个东西落到茵茵肩头，弄得她耳朵发痒。茵茵侧头一看，那不是她可爱的"朋友"小鹦鹉吗？

看到小鹦鹉来了，茵茵开心极了，连忙把手捧在前方说："小鹦鹉，我好想你哟！你也会想念我吗？"

那只鹦鹉似乎能懂了茵茵的心声，跳到她的手掌心上，

第七章　忘年之交

拍动着它的翅膀，好像也回应说：见到她也很开心呢！

茵茵用脸颊轻轻碰触鹦鹉的羽毛，感觉那么柔和，像是能抚平刚才所有的不安。

鹦鹉一下子飞到地上，一下子又展翅落在茵茵的肩膀上，似乎在示意她往前。茵茵追着它往前跑了几步，看到前方正是那座废弃的洗手池。

她知道鹦鹉的意思，快步走向前。这回，鹦鹉却调皮地故意在后头走着，像是追赶她，可爱逗趣的模样让茵茵"咯咯"地笑个不停。

"我想你是想喝水是不是？"茵茵快到洗手池时转身问。鹦鹉忽然一下子飞到前面去了。

"等等我呀……"

茵茵转身，发现鹦鹉落在了洗手池的边缘，还在不断用力地拍动翅膀。

不过洗手池里面是干的，连一滴水也没有。

"你是希望我去拿水来给你喝，是吗？"茵茵问。

鹦鹉像是听懂了她的话似的,又用力拍了翅膀两下。

"好,没问题!"

茵茵转身想去取水,才想起来,这里头哪里有水呢?唯一知道的,也只有老伯伯浇花的水源了。可是……这问题可把茵茵难倒了。她知道老伯伯再三交代是不能到花园那头去的,如果她打破约定,那以后搞不好连这里都进不来了。

茵茵本想放弃取水,但忽然小鹦鹉跳到她肩膀上,然后展翅往竹林那头飞了过去。

"等等,小鹦鹉、小……"

茵茵一看鹦鹉飞了,顿时把老伯伯交代的事情全抛到了脑后,急着追了过去。

"等等我呀……"

这次小鹦鹉再也没听她的话,一下子消失在竹林里。为了追那只鹦鹉,茵茵想都没想便直接推开隔开竹林间的小栅门。当她一脚踏进去时,简直不敢相信自己的眼睛。

第七章 忘年之交

仅仅一墙之隔,却完全是两个世界。篱笆外是一片荒芜枯萎的景色,而篱笆内竟是繁花似锦。

茵茵站的两侧有玫瑰、牡丹……还有各式各样她形容不出来的花朵,简直就像置身梦幻王国一样。那些花儿随着微风轻轻摇曳,像是欢迎她的来到……

"哇!这里好漂亮哟!"

茵茵立刻陶醉在这漂亮的花海里,开心地低头闻着那些玫瑰花香,在四处奔跑,把要取水的事全忘得一干二净。因为这里除了花海,包括那些树林草丛都是青翠茂盛,像是被照顾得好好,根本不像被遗弃了的花园。

小鹦鹉不知何时又出现了,好像跟茵茵很有默契的,在她头上飞舞着。茵茵向鹦鹉伸出手来,像对好朋友说:"你一直想带我来对不对?你也很喜欢这里是吗?"

鹦鹉飞下来停在茵茵的手上,歪着头看她似乎在点头,接着又展翅飞舞起来。

"唉!要是早点发现这里就好了。"茵茵开心地自言自

语起来。只是不知道，老伯伯把这里照顾得这么好，为什么不让她进来呢？好自私呢！

被眼前的景色迷住的茵茵，根本把老伯伯的提醒忘个精光。茵茵欣赏着漂亮的花园，突然间，她一脚像是踢到什么硬邦邦的东西。茵茵低头一看，发现那是突起的半圆形石头，大概有一个盘子那么大，而且旁边还整齐地排列着好几个。茵茵不自觉地沿着石头走过去，发现前面有一小块光秃秃的地方，立了一块石碑……她好奇地走近一瞧，竟然是"××之墓"！

妈呀！这回可把她吓得脸色发白。她惊慌失措，这次也不敢再大喊大叫，几乎是边跑边爬地越过竹林，回到另一头的花园里去，这才稍稍喘了口气。

那里怎么会有墓碑？是谁的亲人？茵茵脑袋里一团麻。她不断地往后看，真怕会出现什么鬼魂来抓她。

那只小鹦鹉早已不知道飞到哪儿去了，四周一片沉寂，只有她大口大口的喘气声。

难怪老伯伯不希望她到那头去，也许……那里根本不

第七章　忘年之交

是什么"花园"而是"墓园"？！想到这里，让她起了一身的鸡皮疙瘩。看到墓园，远比碰到那个"走错路"的大哥哥还可怕呀！

才在想到这里，忽然茵茵又发现篱笆那边有个黑影快速地闪过。那种敏捷的动作不像是老伯伯……茵茵正打算从篱笆的洞口钻出去时，偏偏又听到外头传来两姐弟交谈的声音。

这下可好了，她变得前后动弹不得。

那个黑影在竹林里来回晃动着，好像在找什么？在花园的篱笆外，又是两姐弟玩耍的笑声，茵茵只能把身子缩在一角，闭紧眼睛，期待着那两姐弟赶快消失。但篱笆外的笑声却延续了好久——

"姐姐，把球丢过来，快把球丢过来呀！"

忽然，茵茵听到"碰"的一声，那球不偏不倚地撞到身旁的篱笆。茵茵被这声音吓得心都快跳了出来。

她努力屏住呼吸，听到有脚步声朝这头靠近。忽然，

那姐姐喊了一声：

"阿家！不要靠近那里，那里有鬼哟！"

脚步声停止了，迅速往后退。接着，两姐弟的脚步声越来越远，似乎离开了前院。茵茵这才喘了口大气。但一想，事情还没完呢！

当她偷偷把头转向竹林那头时，发现好像有人在盯着她。茵茵不知哪里来的胆子，迅速站起身来。茵茵这突然的动作，似乎真的惊吓到对方。只见那个黑影朝一旁闪过，伴随着"窸窸窣窣"的声音，消失在竹林后面。

呼！那"家伙"终于走了！

这下，茵茵才真正能喘口气。

那个人……到底是谁？会是她刚进来时遇到的少年吗？不过有一点可以肯定的，那绝对不会是老伯伯。如果是老伯伯的话，肯定过来骂她了，何必鬼鬼祟祟地躲在后头呢？

茵茵正在想时，却听到像是木门被打开，发出"吱呀"

第七章 忘年之交

的一声。这次她连想多留一秒钟的念头都没有,迅速从旁边的小洞钻了出去。

当茵茵出去时,发现地上蓝色的排球,还特意把球捡了起来,抱着球坐在门前发呆。

还没到中午,就看到周阿姨提着菜篮子出现了。茵茵很庆幸,自己提早离开了花园,要不给阿姨撞见了,那可不得了。

"茵茵,你怎么脸色这么难看?是不是生病了?"周阿姨看到坐在门前的茵茵,忍不住关心问。

"没……没啦!我没事。"

接着阿姨瞄了一眼她手上的球,笑着说:"这不是阿家他们的球吗?看来你已经跟他们玩在一起了。"

这怎么可能……,茵茵心想,却没有说出来,低头看了一下手中的球,回说:"不是啦!是我刚好捡到的,这球不小心掉到花园那边了……"

茵茵说到一半连忙打住,还是差点露出马脚来。

果然，周阿姨露出狐疑的目光打量着她："你跑到花园那边去了？"

"不、不！是围墙外面啦！我在墙角捡到球的。"

这会儿，阿姨才"噢"了一声没再继续追问下去，"那，阿姨先进去做饭了，今天山上来了好多观光客，说是某家公司的员工组织旅游。阿姨一会儿得过去去帮忙。"

茵茵听了，立刻反应过来说："你是说在陈叔叔的果园吗？"

"是啊！包括陈叔叔的果园……"周阿姨走了没两步又回头说，"怎么？你也想过去帮忙吗？阿姨可以带你去……"

"喔，不用……不用了！"茵茵挥着双手急忙说，"我待在这里就可以了。"

周阿姨奇怪地看了她一眼没多说什么，匆忙进去准备小孩子的午餐了。

原来跟她猜想的一样。方家慧应该也是到爸妈工作的

第七章　忘年之交

果园去了。要是平常，她巴不得跟阿姨上山，好离开这无聊的地方，但是现在……幸好她早上先碰到了方家慧，要不然这样冒冒失失地上山，被她看见了，还不知道会在学校传得什么样子呢！

唉！为什么所有事情全都搅到一起了呢？她最想做的事偏偏又遇到了阻碍。茵茵怎么想怎么觉得不对劲，尤其是刚刚在花园里看到的墓碑，更是让她想不透。为什么那么漂亮的花园里会埋着死人，那个墓碑跟这家人又有什么样的关系呢？如果是祖先埋在那里也太奇怪了吧？

唯一可以猜出来的，就是大人一直禁止她到花园里去，一定是跟那个墓地有关，还有那个大哥哥……茵茵才不相信老伯伯所说的，他是走错路的。要不然，她怎么会老是撞见他呢？

这位大哥哥似乎经常出现在花园里，包括刚才看到的那个人影，想必也是他吧。

茵茵对花园里的人越来越好奇，一整天都想着这件事情。

秘密花园

这天,爸爸妈妈忙到很晚才回来。一回来就听到妈妈嚷嚷说:"真是忙坏了!一下子山上来了这么多人。"

茵茵连忙跑过去抱着妈妈,很想跟妈妈说说她最近碰到的事情。但妈妈却推开她说:"等等,妈妈要去洗澡……,对了,你晾在外面的床单收回来没有?"

被妈妈这一提醒,她才惊叫起来:"没……糟糕!我忘了。"

突然,妈妈一肚子火冒了上来,"你这孩子是怎么回事?都几点了?为什么叫你做的事情都这么漫不经心,你不知道妈妈很忙吗?……"

妈妈劈头盖脸地骂了一长串话,茵茵觉得好委屈,泪水都快掉了下来。还好爸爸过来打了个圆场说:

"哎呀!你别把气撒在孩子身上嘛!"说完又赶紧回头对茵茵柔声说:"快去把床单收进来,乖哟!"

茵茵听话地走出房门,但眼泪还是掉了下来。她心里有好多的话想跟爸妈说,无奈他们都很忙,根本没时间好

第七章　忘年之交

好听她说话。这不只让茵茵难过，更让她觉得自己加倍的孤单。似乎在这个屋子里，找不到一个可以说话的人，连同龄的朋友也没有。

当茵茵把床单收回来，爸爸已经倒在床上呼呼大睡了，妈妈在后头洗澡的水声"哗啦啦"传了过来。茵茵把床单放在椅子上，默默地回到了房里。

过了一会儿，茵茵听见房间外有人走动的声音，她以为妈妈会过来安慰她。但最后，她失望了，妈妈直接进了房间，想必也是累坏了。

在这个屋里，好像最游手好闲的人就只有她了。虽然茵茵也很想到山上帮忙，但一想到方家慧很可能出现在山上，她就打消了这念头。

第二天一早，天还没亮，茵茵迷迷糊糊中听见了爸妈赶着出门的声音。她翻了个身，懒得起床，又进入梦乡。

等她醒来,厨房已经摆着妈妈准备好的早餐,几乎都凉了。茵茵没什么胃口,但还是勉强端着盘子走到后院里慢慢地嚼着,因为她知道,如果周阿姨中午过来,发现她早餐没动的话,肯定又会叨念一大套话的。

茵茵才没吃两口,竟然看到老伯伯了。他低着头脚步匆匆,像是去工具间拿什么东西。等他忽地一抬头,看见茵茵坐在那里,似乎有点被吓到。

"你怎么在这里?"老伯伯看了茵茵手中的东西一眼。

"这是我的早餐,我起晚了……"茵茵有点不好意思地说。

老伯伯倒是面带微笑,没有多说什么。"好几天没看到你到花园去了,我还以为你已经搬回家了呢!"

"没有啊!"茵茵摇摇头,本想提墓碑那件事,但还是把话吞下改口问,"老伯伯,你怎么会来这里?"

"我去拿个工具……"老伯伯晃了晃手上的扳手,接着压低声音说,"千万别让陈先生知道我进来呀!"他把手指

第七章 忘年之交

放在嘴唇间。

茵茵微微地笑了笑,摇摇头说:"我知道,我不会说的,就像——"

老伯伯很有默契地接口说:"就像我也不会告诉陈先生你偷跑进花园的事一样。"

说完,茵茵跟老伯伯都笑了起来。

"对了,你有空过来时,老伯伯有一样东西要送给你。"

"是吗?"

忽然,走廊那头有些动静,老伯伯赶紧说了声:"我先走了!再见啊!"便快步消失在庭院后门。

老伯伯一离开,茵茵便听到一声大喊:"你在跟谁说话?"

第八章 不能说的秘密

茵茵回头一看,阿萍双手叉腰站在走廊上,一副管家婆的模样。

"我没有和谁说话。"茵茵冷着脸回说。

"我明明听见了。"

"我不能跟自己说话吗?"茵茵急中生智道。

阿萍愣了一下:"哼!怪胎!"说完,转身拉着躲在背后的阿家,大摇大摆地走了。

阿家走了没两步还偷偷回头看了茵茵一眼,表情有些愧疚。茵茵知道这跟阿家没有关系,他跟他姐姐完全不是一个性格。茵茵连忙朝他露出一个笑脸,阿家这才放心地回过头去。

只可惜,阿家只是姐姐的"小跟班",要不然,她相信

第八章 不能说的秘密

阿家一定会很乐意跟她玩的。

茵茵简单地收拾一下,便走出屋子。原本带着阿家在外头玩游戏的阿萍,一看到茵茵出来,立刻又拉着阿家躲到更远的地方。

这样也好,就不会有人发现她跑到花园那边去了。茵茵把视线转到花园,想起老伯伯跟她说的话。

老伯伯到底想送她什么呢?

禁不住那股冲动,她又来到花园里。只是这次她不再那么害怕,至少知道老伯伯就在附近,如果再有什么状况,他应该很快就能赶过来。不过,她这次不敢再随便到花园的另一头,乖乖地在老伯伯规定的空间里玩着她的娃娃。

小鹦鹉今天似乎缺席了,等了好久都没看到它出现。茵茵觉得无聊了,眼睛也开始不安分地打转。

她该去花园另一头吗?茵茵的心里好犹豫。

幸好这时,里头又出现了洒水的声音,茵茵像是见到了老朋友出现那样开心。

"老伯伯、老伯伯……"

茵茵在靠近竹林的地方轻声地喊着。那洒水声音停了一会儿,却是伴随着脚步声匆匆离去。这让茵茵觉得很疑惑,老伯伯怎么装作没听到的样子呢?不过,她心里更大的疑问是,那脚步声很轻,不像是平常老伯伯出现时那种沉重的步伐。

茵茵连忙退后了几步,这时也不敢往前一探究竟。忽然,在她后退时不小心撞到个人,茵茵吓了一跳,连忙转身。

"老伯伯?!"

"嘘——小声点。"老伯伯连忙提醒她。

茵茵听话地赶紧压低声音道:"老伯伯,你刚才不是在那里浇水?"

"是……是呀!是我在浇水,没错。"

茵茵发现老伯伯真是不善说谎的人,他话一说完,神情就略微紧张了些。这不禁让茵茵皱起眉头,满脸疑虑地

第八章　不能说的秘密

歪头望向对方。

老伯伯这时连忙转移话题说："我不是说要送你一个东西吗？"

茵茵一听，果然忘了刚刚的事，连忙兴奋地问："什么？是什么礼物？"

"是这个。"

老伯伯的手从背后伸出来，拿出一个亮晶晶的小皇冠。

那皇冠做得十分精致，上头除了水钻之外，还镶着各种颜色的珠子及假花，看起来就像公主戴的一样。

"哇！好漂亮的皇冠哟！"茵茵开心地把皇冠捧在手心里，迫不及待地把它戴在头上。但皇冠似乎有点小，茵茵弄了好久，才勉强把它摆在头上。

"我看这当成发箍也不错！"老伯伯看了看，用着欣赏的目光说。

"是呀！有了这皇冠，我看起来像不像小公主呀？"

茵茵开心地在原地转起圈，小小的裙摆也随之飞扬起来。她喜滋滋地想着：要是这时候能让小琴看到该有多好啊！她一定也会称赞这顶皇冠漂亮的；要是能带去学校就更好了。

茵茵独自开心了好一会儿，竟差点忘了老伯伯还在一旁。等她蹦蹦跳跳地跑过来时，竟然发现老伯伯的眼睛有点红。

"老伯伯，你怎么了？"茵茵被他的样子吓了一跳。

老伯伯连忙回过神来，赶紧往脸上抹了一下说："没事、没事，刚好像有飞虫飞进眼睛……"

老伯伯又露出那种说谎的表情。茵茵这时终于忍不住问了："老伯伯，你是不是为什么事情难过呀？还是这皇冠太贵了，要不然，还给你好了……"

"不、不、不，不是这么回事的。"老伯伯连忙摆摆手，赶紧说，"是我……是我太感动了。你让我想起了我的孙女。"

第八章　不能说的秘密

"孙女？老伯伯，你也有孙女吗？"茵茵睁大眼睛，第一次听到老伯伯谈起自己的家人，让她十分感兴趣。

老伯伯轻轻地点点头，低下头去。

"那她多大了？跟我的年龄差不多吗？我可以跟她做朋友吗？"茵茵说出一连串的问题。

老伯伯摇了摇头，当他再度抬起头来看着茵茵时，脸上笼罩着一股阴霾。那是茵茵从没看过的表情，她连忙问："老伯伯，你怎么了？"

"没事、没事。"老伯伯似乎很不想提起这件事情，茵茵也只好闭嘴。

接下来老伯伯没多说什么便走了，这让茵茵觉得有些唐突。

如果他不开心，为什么要送自己东西呢？茵茵被老伯伯搞得一头雾水，她摘下了皇冠，左看右瞧，却又舍不得把它还给老伯伯。可能是她戴上这个，让老伯伯想起了某个人吧？应该是他的孙女……

只是不知道老伯伯的孙女发生了什么事？为什么老伯伯提起她时，表情会这么忧伤呢？难道是——茵茵转头望向花园深处，想起之前看到的墓碑。

会是埋在那里的人吗？

这不禁引起茵茵的联想。茵茵觉得在这里碰到的人越来越奇怪了，好像埋藏了什么天大的秘密一样。她很想去看看墓碑上，到底刻了什么名字。她把皇冠拿在手上，稍微等了一下。老伯伯还是没有回来。

外头嘈杂的声音越来越大，茵茵跑到篱笆边往外瞧，很清楚地看见外面有好几辆车子经过。那应该就是周阿姨说的观光客吧，搞不好方家慧也在里面呢！

茵茵不想让方家慧瞧见，于是又等了一会儿。这时茵茵发现，外面的动静竟然可以从里面看得一清二楚，不由得想起之前常常看到这里闪过的黑影。如果真有人在这里偷窥，还真能把在外面的一举一动都瞧见。她之前看到的人影应该是老伯伯吧？或者，还有其他人……

第八章 不能说的秘密

车队终于离开了,幸好没看到方家慧跑来,茵茵心里松了口大气。她先藏在入口处的树下,认为这样就不会有人发现了。后来又佯装没事一样,在周阿姨来之前溜了出去。

等到下午茵茵再过来时,意外地发现老伯坐在凉亭那边,似乎刻意等她来,这倒是叫茵茵很意外。

"老伯伯!"

茵茵一来,老伯伯立刻露出笑脸朝她招招手,她跑向前去。

"那个是你朋友吗?"

茵茵顺着他手指的方向看去,看到那个小鹦鹉正站在洗手池里喝水。她开心地走过去,小鹦鹉立刻跳到她肩膀上"啾啾"地叫了起来。

"啊!好久没看到你,你跑哪里去了?"茵茵高兴地用脸颊碰了碰小鹦鹉,两人像是很有默契似的。接着茵茵转过头来对老伯伯说:"没错!这是我朋友。"

"它有没有名字呀?"

"就叫小鹦鹉。"茵茵回说。

老伯伯听了笑了笑,似乎觉得茵茵的话很有趣。接着换了个认真的口吻说:"对了!早上的事,希望你不要介意。"

"怎么会?"

"我不应该一声不响地走掉……"

"不会啦!老伯伯,我想你可能心情不好吧?"茵茵有点试探性地问。

老伯伯有点尴尬地笑了一下,接着说:"没错,每次想到这些……的确让我心里不太好受。"

"老伯伯心情不好吗?茵茵也会呀!我最近才郁闷呢!"

"郁闷?为什么?"

既然有人问了,茵茵终于找到人可以一吐怨气了,立刻噼里啪啦大吐苦水道:"我在这里一个讲话的对象也没有——除了小鹦鹉以外。"

第八章　不能说的秘密

老伯伯听了似乎有点吃惊："怎么会？陈先生家不是有两个小孩吗？"

"唉！那又怎样？他们都不理我，还会监视我、管东管西的，对我像对他们家佣人一样。"

"不会吧？"老伯伯同情地拍拍她的肩说，"会不会是你想太多了？"

"才不呢！"茵茵低头玩着衣角，心里无限地委屈。

"也许，你应该主动跟他们交往，毕竟这两姐弟一直住在山上，也没什么其他的朋友。"

茵茵沉默着，没有回答老伯伯的话，心里却打了个大大的问号。

停顿了一会儿，现在换成茵茵问老伯伯问题："对了，老伯伯，你也是陈叔叔请的员工吗？"

"这……"老伯伯立刻露出尴尬的脸色，支支吾吾地说，"算……算是吧……"

"那真奇怪，为什么陈叔叔不介绍你跟我们认识呢？"

老伯伯似有难言之隐，说不出话来。

茵茵没注意到老伯伯表情变了，又自顾自地说道："我觉得这里有好多事情好奇怪呀！好像大家都有什么天大的秘密一样。"

"你不是也有秘密？"老伯伯听了这话轻笑出来。

"我……我的秘密你知道呀！"茵茵坦白地说。

"嗯，对、对！没错。"老伯伯似乎也被茵茵的天真逗得笑了出来。

茵茵的话锋一转，连忙问说："那老伯伯的秘密呢？"

"啊……我的秘密呀？"老伯伯似乎一下子接不上来话。倒是茵茵忙着插嘴说：

"对呀！就像是——老伯伯为什么一个人住在山上？这花园为什么老是有奇怪的人出现？"

"奇怪的人？哪里有奇怪的人？"老伯伯有些吃惊。

"就是……上次有人在浇花，可是明明不是老伯伯，还

第八章 不能说的秘密

有那个年轻人,不可能常常都走错路吧?"

"这……"老伯伯吞吞吐吐起来。

接着,茵茵又自顾自地说:"我昨天还看到那个年轻人呢!"

老伯伯考虑了很久才说:"其实,他……他是我朋友的小孩,有时会过来玩一下。"

"噢?那那个浇花的人是谁?"

"可能是朋友刚好带他过来,他顺手帮忙的吧!"

茵茵望着老伯伯,觉得他好像没说实话。好几次她好想问问老伯伯关于那个墓碑的事,但又怕他责怪自己跑去"禁区",于是只好打住话。因为,她觉得即使问了,搞不好老伯伯也不会告诉她实话。

就在聊着的时候,忽然花园另一边出现了脚步声,茵茵立刻警觉地说:"那边好像有人……"

老伯伯也马上转头看过去,连忙说:"没有了!你听错了!这里不可能有人来的……"

"可是——"

老伯伯虽然嘴里这么说，但还是可以看到他神色有些紧张。"好了，不多说了，我得走了。"

那脚步声来了又走，老伯伯却一点儿也没有停留的意思，似乎对那脚步声很在意似的。

老伯伯走了，茵茵还发了好一会儿的呆。不知道这里面到底发生了什么事情，让老伯伯这样匆匆离去。不过幸好还有小鹦鹉在那里陪她玩，茵茵像往常一样待到傍晚才回家。

不过到了晚上，妈妈意外地提早回来跟她一块吃饭。当然那两姐弟一看到茵茵的妈妈来了，立刻借机从餐桌上溜走了。妈妈似乎感觉到了什么，吃饭时刻意问茵茵：

"怎么，那两个小家伙很讨厌你吗？"

茵茵立刻嘟起嘴来："我哪儿知道？"

第八章　不能说的秘密

妈妈似乎看穿了茵茵的心事,换了个温柔的语吻说:"有时你得多包容他们,主动跟阿家他们打交道才是。毕竟我们是寄人篱下,只有我们去习惯别人,没有别人来迁就我们的道理。"

茵茵低下头小声地说:"我知道……"

茵茵跟着爸妈搬过无数次家,妈妈也常提醒她这件事。但是,说真的,她从没碰到过这么难以接近的小朋友。但妈妈这么说,她也不想顶嘴,只好默默地点点头。

"还有,"接着妈妈又说,"不要再去花园那边了。"

妈妈一说完,茵茵暗自心惊,妈妈怎么会知道她跑到花园里?

不过,她还不肯定妈妈真的是知道的,连忙回说:"我没进去花园呀!我只是在旁边玩……"

妈妈凌厉的眼神瞪过来:"好了,别骗我了,已经有人告诉我了。"

"谁?是谁……"

茵茵这个反应等于是不打自招。妈妈没理她,继续说着:"陈叔叔也知道了。这也是为什么我会提早回来的原因……还有,下次看到那个老伯伯,别再跟他说话了,知不知道。"

老伯伯?!妈妈怎么会知道老伯伯的事,难道是——老伯伯跟她讲的?

第九章 皇冠的主人

刹那间，茵茵有种被出卖的感觉，心里觉得刺痛。

老伯伯口口声声跟她说要坦白，跟她交换自己的秘密，还送她皇冠……没想到，最后还是把她出卖了。幸好，她没有把皇冠带出来，要不然，会不会连带说是她偷的呢？

茵茵越想越难过，再也吃不下饭了。

"怎么了？妈妈这样说你，你不高兴吗？"妈妈这次没有怜惜她，口气变得很强硬。

"你快点把饭吃完，待会帮忙把碗筷洗一洗，妈妈还得回山上去呢！"

"妈，你还要回去啊？"

"当然。是陈先生特地要我先回来，告诉你这件事的。"

什么？原来……事情还真的严重了。她最近还是别靠

近那座花园才好。

或许是因为有一种被老伯伯背叛的感觉，也或许是怕给妈妈惹麻烦，茵茵真的好一阵子没再进到花园里去。

但这时候，令她大感意外的是阿萍对她的态度似乎有了一百八十度大转变。

虽然，她没有主动过来跟茵茵玩，但似乎对茵茵没那么排斥了。尤其是当阿家主动邀她玩踢球游戏的时候，阿萍竟然乖乖地站在一旁看着，虽然没加入，但也没多加干涉。

是谁提醒了她什么话吗？

茵茵心里觉得：一定是这样的。

因为母亲的警告，茵茵果真乖乖地没再进花园里去。同时，她也没有再看到老伯伯进出的身影。似乎，就此跟老伯还有花园里的一切，分隔成了两个世界。

虽然她还是对花园充满好奇，那个花园对她而言，始终有种致命的吸引力，她也很想解开自己心中的疑惑，但

第九章　皇冠的主人

看来，似乎已经没有机会了。

茵茵试着摆脱对花园的依赖，开始找寻其他能消遣的事情。

她早上帮着妈妈晾衣服，等周阿姨来了就帮忙洗菜、洗碗，然后下午到后院和阿家他们玩耍，接着写作业等周阿姨过来做晚饭。

茵茵的转变连周阿姨都发现了。

"怎么？最近变得这么安静了？之前每次来，都发现你还玩得满身大汗的。"茵茵在一旁帮着洗碗时，周阿姨问。

"没有啊！只是觉得暑假都快过了一半了，应该赶紧把作业写一写，看点书了。"

周阿姨听了微微地笑了笑说："唉！要是我孩子有你这么乖就好了！"

"对了，阿姨，那些观光客走了没有？"

"早就离开了——"说到一半，周阿姨似乎想起什么似的继续说，"对了，那边有对夫妇带着跟你差不多年纪的女

孩，那女孩刚好看到我往这里走来，还跳下车扯着我问认不认识你……"

茵茵心一惊，忙问："那你怎么说？"

阿姨笑着摇摇头说："我当然说不知道呀！只说我是偶尔来这里帮忙的，这里的事我都不清楚。"

茵茵听了，连忙抱住周阿姨，亲昵地说："阿姨，真谢谢你！帮我保守了秘密。"

"噢！什么秘密呀？怕你同学知道吗？"

"因为……因为我跟同学说，我是来度假的。"

阿姨听了笑了笑，弯下腰搂了搂她说："那也没说错呀！你本来就是来度假的。"

难得周阿姨这么贴心，茵茵又是一阵感动。

"还是周阿姨了解我。"

"我还会不知道你们小孩的心吗？阿姨也当过小孩呀！"周阿姨开玩笑地说，"不过，有时面子重要，但为了

第九章 皇冠的主人

面子说谎也是不太好哟！"

"不好吗？"茵茵这可不以为然了，"但如果我诚实，却被别人出卖的话，那又怎么说呢？"

周阿姨听了，立刻停下手边的工作，认真地问："谁出卖你了？"

"就……"茵茵犹豫了一下，还是说出了实话，"上次出现在门口的老伯伯。"

"哎呀！你在哪里碰到他的？你跑到花园里去了！"周阿姨心直口快地说。

"花园？你也知道？那老伯伯住在花园里吗？"茵茵瞪大了眼睛。

"是——这、这，我可没说哟！"阿姨像是要掩饰什么，连忙改口说，"你快把萝卜洗一洗吧！阿姨先端这碗卤肉到桌上。"

茵茵的手随便把水盆里的萝卜搅了两下，却还不放弃地追问："阿姨，你是不是知道些什么？包括花园里的那个

秘密花园

墓碑。"

周阿姨吓了一跳,这下连忙转身问:"你看到了?"

"是啊!花园里有一个墓——"

茵茵还没说完,嘴巴便被捂住。"要命了!千万别跟别人说呀!"阿姨表情严肃的提醒她,"有些事情还是不要知道得太多比较好。"

"那阿姨是知道了?"

"这……"周阿姨被问得哑口无言,只好换个方式回说,"唉,反正呀!那里的事你不要多问,万一惹陈先生不高兴,害你爸妈丢了工作,看你怎么办?"

周阿姨这话果然发挥了作用,茵茵乖乖地帮忙做厨房的事,不敢再多问关于花园里的事了。

连周阿姨的反应都这么激烈,这下茵茵真不知能跟谁谈了。好像一碰到花园那里的事,大家都避之唯恐不及。

下午时,趁着没人在家,茵茵又偷跑到篱笆那头,把

第九章 皇冠的主人

那个洋娃娃跟皇冠拿了出来,因为,她不确定自己会不会再回到花园里去了。

她躲躲闪闪地跑回屋里,打算把娃娃跟皇冠藏好,才刚放好就听到屋外有喊叫的声音。起先她不在意,以为是阿萍跟阿家在闹着玩,但那声音越听越不对,带着点凄厉的感觉……

茵茵连忙冲出屋外,看到阿萍脸色苍白挥舞着双手说:"快救救我弟弟!快救救他!他掉到屋后面的池塘里去了!"

"什么?!"

这还得了!茵茵连忙问:"在哪里?快带我去!"

她紧跟着阿萍跑向屋后的小径,在一片树丛后头果然有个池塘,这是茵茵从没来过的地方;也可以说是阿萍他们从没带茵茵来过。前方一个椭圆形像一栋房子宽度的池水里,一个小小身影正一浮一沉的,断断续续地发出呼喊声。

"阿家?"茵茵一眼就认出他来,拼命地朝他挥手大喊,"阿家!阿家……"

阿萍急得都哭了,茵茵跟着她跑向靠近阿家的岸边。幸好阿家的手攀住垂在水面上的树枝,但那树枝太细了,看来支撑不了多久。

阿萍边哭边喊着:"阿家,你要撑住,姐姐会来救你……"

幸好茵茵拉住了阿萍,劝她不要过去:"万一你也掉下去就完了!"

"那怎么办?怎么办呢?"

这时,阿家也哭喊着:"救我,救救我呀……"

茵茵忽然灵光一闪,现在也只有这个办法了。她立刻掉头往花园的方向跑去,一路上那些荆棘刺伤了她的小腿,杂草割破了她的手臂,她都毫无感觉,只想赶紧找人来救阿家。心里默默的祈祷着,老伯伯真的住在花园里,可以找到他来帮忙。

第九章　皇冠的主人

"老伯伯！老伯伯！"茵茵声嘶力竭地朝花园那头大叫着。

忽然，老伯伯不知从哪里跑了出来，神色紧张地问："怎么了？发生什么事了？"

"阿家掉到池塘里，快要溺死了！"茵茵急得比手画脚地说。

"哎呀！"老伯伯一听，连鞋都还来不及穿，就跟着茵茵后面跑了过去。当茵茵快接近池塘时，却看到一个令她不可思议的情景。竟然有人已经跳进水里，朝阿家游去，可是阿萍还在岸边。那么，那个人是谁？

老伯伯冲得比茵茵还快，一到岸边，毫不犹豫地跳进池塘里。当茵茵赶过去时，看到那个原本在池塘里的人，已经一把抓住阿家，拖着他的肩膀往岸边奋力游去。

当他转过头来，茵茵这下看清楚了，那个好心人不正是之前在花园吓过她几次的少年吗？他怎么会刚好出现在这里？茵茵觉得很不可思议，尤其又看到他热心救人，对他的感观立刻有了一百八十度的转变。

有了两个大人的帮忙,阿家很快就脱离了险境,被带上了岸。阿萍连忙冲上前去,抱住阿家大哭了起来。

"阿家,你有没有事?对不起、对不起,都是姐姐不好……"

阿家显然是吓傻了,发紫的嘴唇颤抖着,一个字也说不出来。

"好了、好了,没事了,阿成你快回去拿一条毯子过来。"老伯伯说得好像跟少年很熟似的。

"好!"

那位少年连忙跑走,不到一分钟的时间又赶了回来,手里多了条毛毯。

阿家身上盖上了毛毯之后,脸色才恢复了些,用力地喘着气。

"我先抱阿家到我那里去喝个热汤,好暖暖身子。"老伯伯建议说。

"嗯,好……谢谢你了。"

第九章 皇冠的主人

阿萍望着老伯伯充满了感激的神色。

老伯伯会这么说,倒是让茵茵觉得很意外。因为听周阿姨提过,老伯伯好像是住在花园里。而那里不是大人口中的"禁区"?不过,没有让茵茵多考虑的时间,也没有拒绝的余地,因为家里连一个大人都没有,除了老伯伯谁还能来照顾阿家呢?

于是,一群人转往花园,老伯伯把阿家抱在手里,往前小跑着。来到花园后面,围起来的栏栅间有个小门,那位少年熟练地打开门让大家进去。

一进门就看到另一个布满藤蔓的小木屋,大概跟前花园的木屋差不多大小。茵茵从没来过这里,当然不会注意到这里还有另一个屋子,这让她十分诧异。

"老伯伯,这就是你住的地方?"茵茵忍不住问。

但是老伯伯没有回答,只顾着赶紧把阿家抱进屋里,吩咐少年去把吃剩的菜汤热一热。

阿家似乎已经筋疲力尽，眼睛睁开又闭上。

"阿家，别睡着呀！快点醒来动一动。"

老伯伯努力地搓着阿家的身子，想把他弄暖和些。接着又紧紧抱住他，轻轻摇晃起来，那感觉就像抱着一个婴儿一样——就在那刹那间，茵茵发现了有些不对劲——原来老伯伯抱着他的样子，就像是哄自己孙子一样！

甚至，在他们脸贴脸时，茵茵还觉得他们的面容有点神似呢！这……这不会是……茵茵猛地摇摇头，觉得自己这想法也未免太荒唐了！他们之间怎么可能会有关系呢？

但是……茵茵还是越看越觉得可疑。

倒是阿萍在一旁猛哭着，一点都没发现这些不寻常的状况。

阿家喝过热汤之后，整个气色才渐渐恢复过来。他开口的第一句话竟然是对姐姐说："姐，我好了，你不要担心，我不会跟爸爸讲的！"

第九章 皇冠的主人

阿萍这才破涕为笑,上前搂住阿家。在这时,茵茵又看到了老伯伯脸上那种慈祥的笑容。那是一种真实的、幸福的微笑。茵茵还是第一次看到老伯伯这么开心。

接着阿家一眼看到坐在一旁的少年,立刻又说:"哥哥,谢谢你救了我。"

呆坐在一旁的少年,忽然又恢复了那种迟钝的样子,只会坐着傻笑,让茵茵不禁怀疑少年是不是身体有些问题?

"呵呵,哥哥知道了。哥哥也很开心阿家没事。"老伯伯立刻接口说。

"噢,是吗?"阿家望着那位少年,流露出跟茵茵一样满脸疑惑的表情,"哥哥他——他还好吧?"

"我很好……我……阿家……很高兴……"那个少年还是在傻笑,指指自己又指指阿家。

"是、是,阿成,你做得很好。"老伯伯连忙笑着给予鼓励说。那少年一听,笑得更开心了,嘴角的一丝口水差

点流了出来。

原来这位大哥哥是智障者啊！但是令人诧异的是，他刚刚的反应几乎跟正常人差不多……不，应该说是比正常人还更有勇气，这是让茵茵不得不佩服。

没想到那个大哥哥又开口说话了，指着阿家不断地重复着："弟弟、弟弟……"

"老伯伯，他为什么要叫我弟弟呀！"阿家直率地说。

老伯伯连忙制止少年说："阿成，别乱讲话，他不是——"话说到一半，又满脸尴尬地转过头来，跟大家解释说，"对不起，我这孙子有点智障，有时爱乱讲话，你们不要被他吓到了啊！"

没想到这时阿萍却指着他说："我好像在哪里见过他……"

老伯伯立刻很紧张地打断她的话说："不可能！这不可能的。"接着又转头对孙子说："阿成，去后面玩去，不要在这里影响大家。"

第九章 皇冠的主人

阿成乖乖地起身走出门,一边走,拍着手跳跃着喊:"弟弟、妹妹、弟弟……"

等阿成离开,茵茵发现阿萍的神色有点不对劲,似乎想起了什么,但却始终没开口。

第十章 团圆

接着阿家转头张望了一下四周，眨眨眼睛说："姐姐这里是哪里呀？"

"这里是……"阿萍似乎被这句问话提醒，略微感到不安，"是……老伯伯的家里……"

"老伯伯的家？我们家附近有邻居吗？为什么我不知道。"

"这是在花园里。"茵茵忍不住插嘴说。

"花园？！"阿家露出吃惊的表情，挣扎着要站起来，"爸爸不是不准我们进来？"

"这……"

正在说话时，忽然窗口那边传来"啾啾"的鸟叫声，茵茵回头一看，那不是小鹦鹉吗？

第十章 团圆

它在窗台跳上跳下的,似乎在吸引着大家的注意。

果然,阿家先注意到了,指向窗户大喊:"看!那只鸟好漂亮哟!黄黄的好像小鸭子一样。"

大家来不及制止,阿家已经跑出了门外。阿萍连忙追了出去。

"阿家!阿家!你别乱跑呀!爸爸不准我们进来的……"

大家一看,都手忙脚乱地追出去。忽然,跑在前面的阿萍停了下来,像是看到什么恐怖的东西一样,连忙一手把阿家拉到后面。

"怎么了?姐姐?"

顺着阿萍手指的方向看去,茵茵也愣住了。那——不是她之前看到的墓碑吗?

"那个、那个……"阿萍的声音抖得厉害。

阿家还不知情地哇哇大叫着:"哎呀!好可怕呦!这里怎么会有墓碑呀!"他赶紧躲到茵茵身后。

但阿萍的反应却完全不同。她竟然缓步走向前去，看到墓碑上的字时，忽然双腿"咚"地跪下来，接着号啕大哭起来。她这动作可把茵茵吓了一跳，根本不知道究竟阿萍是吓傻了？还是……

老伯伯显然有点慌了，连忙过去要扶起阿萍。"阿萍，别这样，快起来。万一让别人发现就不好了。"

阿家似乎也被姐姐的行为吓到了，跟着跑上前去拉住姐姐说："姐姐，你是不是被鬼附身了呀？我们赶快走！快走啦！"

阿萍转过头来，生气地对阿家吼起来："什么被鬼附身了？这是妈妈呀！"

阿家立刻放开手，一时间还反应不过来："妈妈？什么妈妈？姐姐，爸爸不是说妈妈到海外去了吗？"

阿萍又哭了起来，边哭边说："不，才不是！这上面明明写着的是妈妈的名字。妈妈才没到海外去呢！"

阿家赶紧蹲到姐姐身边，眼睛直盯着那墓碑，似乎还

第十章 团圆

没有明白发生了什么事。

这似乎是真的了。因为老伯伯直愣愣地站在一旁，他没有否认阿萍的说法，更没有硬拉走阿萍，只是站在那里偷偷地拭泪。

这时，阿家小声地又问："姐姐，这真的是妈妈吗？"

"嗯。我不会看错的。"阿萍接着又抬头望向四周，目光落在老伯伯身上，"而且，我还想起来了，那个木屋我好像很小的时候来过……还有老伯伯你——"

就在阿萍要说出来时，忽然花园后门有人闯了进来，大呼小叫地说："哎呀！你们这些小鬼在这里干什么？不是说这里不能进来的吗？"

来的人是周阿姨。茵茵差点忘了，这已经快接近中午做饭的时间，周阿姨一定是发现他们都不在，被这阵吵闹声吸引过来的。

周阿姨连忙一手拉住大的，一手拖住小的，转过头去生气地瞪了老伯伯一眼说："你怎么搞的，把他们都带进来

了,你忘了跟陈先生的约定吗?"

约定?什么约定呀?

老伯伯顿时将姿态放得很低,连声道歉说:"对不起,我……是刚发生了些事情。"

"不管发生什么事,你都不能把孩子带到这边呀!"周阿姨很生气。

这时,阿萍忽然挣脱了周阿姨的手,指向墓碑说:"周阿姨,为什么那里有妈妈的坟墓?为什么我们都不知道……"

周阿姨一听脸色都变了,支支吾吾地说:"什么坟墓?那……那不是你妈,你看错了!"

"我没有看错,是真的!"

"不!是你看错了!那不是你妈!你再不出来我要去叫你爸来了!"周阿姨又恢复了那种强硬的态度,再度抓紧阿萍的手往外头走去。边走还边回头对茵茵说:"还有你,愣愣地站在那里干吗?快给我过来呀!"

第十章 团圆

茵茵哪敢违背周阿姨的话,连忙乖乖地跟上前去。她走到门边时,还刻意回头看了一眼。只见老伯伯还站在原来的地方,默默地看着她们,眼神中有种说不出的落寞。

一离开花园,可想而知的,三个小孩立刻被罚站一排,被周阿姨狠狠地骂了一顿。

阿家比较胆小,一时间还不知道发生了什么事,径自哭了起来。倒是阿萍就没那么好管了,周阿姨还没骂完,她便拉着弟弟要走,还对周阿姨呛声说:"你知道什么?你根本什么都不知道!"

周阿姨更是气坏了,茵茵看到她的手举起来作势要打,但她怎可能打得下去,最后还是把手放下,眼睁睁地看着姐弟俩离开。最倒霉的要算是茵茵了,只好承受周阿姨所有的怒气。

她从没见过周阿姨这么生气,心想:这事情看来严重了,万一周阿姨告诉陈叔叔的话,那爸妈的工作怎么办?她担心着爸妈的工作,因此也不敢多说什么。倒是周阿姨是越说越生气:"我一直把你当女儿一样照顾,没想到你

这么不听话,还带坏阿萍他们,这下子叫我怎么跟陈先生交代!"

周阿姨骂完后立刻走了出去,连午饭也没做。茵茵追了出去,看到周阿姨直往山上跑,心想:这下大事不妙了。

果然,不出半个小时,只见爸妈气急败坏地从外头走了进来。

"茵茵,你干什么好事了?"妈妈一过来,不由分说地劈头一顿骂。

"我……我没有……"茵茵想解释,但妈妈却一点都不给她机会,立刻把她拖进屋子里去。

在进门之前,她看到陈叔叔的车停在院子里,他匆匆地跑下车立刻往花园里去,想必是去找老伯伯理论。

茵茵没想到这件事会惹出那么大的风波,为此深深地自责,如果当时她不去找老伯伯求救就好了——但当时的状况,她哪能想到这么多呢?

看妈妈坐在那里唉声叹气的样子,茵茵也跟着苦恼

第十章 团圆

起来。

"看来!我们是没办法继续在这里做下去了,看陈先生气得那个样子。"妈妈低头拭着泪,茵茵连忙愧疚地抱住妈妈哭了起来。

"妈,都是我不好,我不应该去花园里,更不该去找老伯伯的……"

"现在说什么都没用了!"爸爸虽心情不好,但也舍不得骂茵茵,只吩咐她去打包行李。

"现在吗?"

"嗯,你陈叔叔希望我们马上离开,待会就来送我们下山。"

"下山?那我们到山下要去住哪里?我们连房子都没有了呀!"茵茵这下急了。

"唉!就只能走一步算一步了。"爸爸无奈地看了茵茵一眼,拍拍她的背说,"快去打包吧!"

爸爸才说完,忽然走廊里有个小小的身影掠过,茵茵

猜想又是阿萍在偷听他们讲话了。但这次她真的已经无心再去理会,他们要监视就让他们监视吧!反正,过不了多久,她就要离开这个地方,为自己犯的错误承担一切后果。

茵茵难过得说不出话来,边收拾行李边掉泪。早知道是这个结果,她不要跑到花园里去接近那个老伯伯就好了。

她弯下腰来,想拖出床底下的行李袋时,看到被她藏在那里的老伯伯送的发箍,忽然有点心痛。说实在的,她也不能怪老伯伯,老伯伯对她真的很不错,就像自己的孙女一样。想到以后不能再见到老伯伯了,她心里还着实有点难过。

这一切说起来不能怪谁,只能说一连串的巧合,让茵茵不得不这么做。她也不希望违背陈叔叔和爸妈的话,把阿萍他们带进花园呀!

茵茵打开了行李袋,把房间里的东西一件件放进去,她怕压坏了那个皇冠,特地留在最后才放进袋里。

没过多久,外面响起了清脆的敲门声,爸爸还没去应门,就先朝茵茵这边喊着:"茵茵快点,陈叔叔来叫我们

第十章 团圆

走了。"

这句话听得茵茵更是辛酸,连忙一手拿起袋子,一手抓着皇冠跑到外面。

令所有人惊讶的是,出现在门口的不只是陈叔叔,阿萍、阿家也来了,还有——老伯伯!

"老伯伯,你来了!我还以为再也见不到你了!"茵茵一看到老伯伯,立刻冲上去紧紧地抱住他。

茵茵这个举动让她的爸妈顿时手足无措,紧张地上前要拉她,没想到却被陈先生拦住了。

"没关系,茵茵能跟我爸这么好,这也……也是件好事。"

没想到陈叔叔会这么说,茵茵的爸妈被吓了一跳,茵茵更是如此。

"什么?爸爸?"茵茵睁大了眼睛,露出不可思议的表情,"那老伯伯是阿家他们的爷爷了?"

"是外公。"老伯伯慈祥地笑了起来,一手搂着一个

孩子。

"这怎么可能？！"茵茵惊呼起来。

这时听到阿萍说："是呀！难怪我一直有很熟悉的感觉，原来我小时候跟外公一起住过。"

茵茵的爸妈更是听得一头雾水，这个老人家他们始终没见过，这又会跟花园有什么关系呢？似乎看出他们的疑虑，陈叔叔接着把躲在墙角的阿成叫了过来。

"这是我的大儿子阿成。"

阿成很害羞地出现在大家眼前，但还是紧靠着墙壁，像是要把身体塞进去一样。

"老陈，你还有一个这么大的儿子呀？"爸爸也很惊讶。

阿成那种异常的举止，爸妈当然看得出来，视线一直停留在他身上。

"实在是——因为这是家务事，所以我一直没提。我这大儿子有些智障，平常都跟他外公住在花园里。"

第十章 团圆

陈叔叔缓缓地解释说:"这也是我不想让任何人踏进花园的原因之一。我一直觉得这是个耻辱,但我错了,我错得太离谱了!怎么也没想到,有一天我这大儿子却救了阿家,如果今天不是阿成的话,阿家可能就在池塘里淹死了。"

说完,陈叔叔转过头用力地抱了一下缩在墙角的儿子。阿成不知道发生什么事,只会在那里傻笑,但看得出来,他很开心,似乎在他心里也很高兴爸爸接纳了他。

茵茵的妈妈也被这场面感动得掉下泪来,一时忘了自己的处境。还是爸爸很体谅地说道:"是呀!这可能是天意吧!毕竟儿子还是自己的呀!不管怎样都应该接受的,像我这女儿……闯了这么大的祸……"

"噢,不!茵茵没错!我还得感谢她呢!"

"什么?"这又是怎么一回事呀?茵茵的爸妈更糊涂了。

陈叔叔望着茵茵,缓缓地说出实情,"阿家溺水的时候,要不是她跑去花园求救,恐怕……恐怕我现在失去的

不只是一个儿子，而是两个。"

"啊？是这样——那，你不怪茵茵跑去花园了？"

"不，当然不！我不仅不怪她，还要格外感谢她，茵茵也算是阿家的救命恩人呢！"说完，陈叔叔推推阿家，"快跟姐姐说谢谢呀！"

阿家立刻上前对茵茵一鞠躬，天真地说："谢谢姐姐！那我们以后可以一起玩了！"

"这……"茵茵还是有些顾忌，偷偷地望了陈叔叔一眼。

陈叔叔则亲切地回她个笑脸："当然，以后姐姐都能陪你玩。"

"陈先生这……"

爸爸正想开口，陈叔叔连忙打断他说："当然，你们不用走了，这都是我的错，是我没把事情弄清楚。希望你们能留下来。如果……你们执意要离开，那就是不给我面子了！"

第十章 团圆

"这……"妈妈立刻开心地笑了出来,客气地说,"陈先生,这是哪儿的话,我们当然愿意,很高兴能继续为你工作。"

"那就好!为了答谢你女儿的救命之恩,我会给你们双倍工资,也希望往后每年都能来果园帮忙。"

"这当然,当然!"爸妈开心极了,紧紧地握住彼此的双手。茵茵也开心地蹦蹦跳跳起来。

"太好了!这样我们就不用离开了!"

陈叔叔微笑着对茵茵说:"茵茵,叔叔要谢谢你的不只这件事。还有,你让我们一家人团圆了,这份恩情叔叔会永远记在心里的。"

"不用客气啦!"茵茵不好意思地低下头,红了脸蛋,忽然又抬头问,"那我以后还能到花园里去吗?"

老伯伯抢在陈叔叔前面说:"当然欢迎了!随时欢迎你来玩。"

阿家立刻上前拉住茵茵的手说:"太棒了!以后我们都

能到花园里玩了!"

"嗯,这太好了!"茵茵也开心极了。

"对了,茵茵,你好像有东西掉在花园里了!"这时老伯伯的手从背后伸了出来,拿着的正是那个皇冠。

"这……"茵茵接过皇冠的那一刻,似乎想起了什么似的看了阿萍一眼。接着她走向阿萍,把皇冠放在阿萍头上,没想到,那个皇冠真的刚刚好。

"我想,这个皇冠是你的,你才是真正的公主。"

阿萍当时感动得泪水掉个不停,她上前一步抱住茵茵说:"谢谢你!我之前对你这么坏,你都没有怪我,我真是太不应该了!"

"不会的!其实你一点都不坏呀!你可能是想保护弟弟吧!"

难得茵茵说出这么懂事话,爸妈都觉得很开心。

"茵茵终于长大了。"爸爸轻轻地把手放在茵茵肩上,感动地说。

第十章 团圆

一群人都因为团圆而露出幸福的笑容。

茵茵没想到,这对她而言会是这么特别的暑假。相信以后跟同学说起来,一定会让所有的人都羡慕极了。

作为老板的陈叔叔为了感谢茵茵所做的,不只是给了茵茵爸妈稳定的收入来源,而且还愿意为茵茵提供所有学费,把茵茵当成自己的第二个女儿一般看待。

暑假结束后,茵茵跟爸妈搬回到镇上,茵茵也照她的心愿回到了原来的学校,再也不需要离开熟悉的朋友跟同学了。而且,她说出来的暑假经历,真的让同学们都惊叹连连。

如果还有人不相信,那么问问方家慧就知道。直到现在方家慧还不断赞叹着,她暑假时看到了茵茵住的大房子呢!